八丁堀の火事

鎌倉河岸捕物控〈十六の巻〉

佐伯泰英

時代小説文庫

角川春樹事務所

目次

第一話　居残り亮吉……9
第二話　八丁堀の火事……72
第三話　妾と悪党……136
第四話　鳥越明神の賭場……199
第五話　富沢町娘の行列……246

鎌倉河岸周辺
鎌倉河岸
豊島屋
龍閑橋
弁天湯
青物市場
むじな長屋
彦四郎の長屋
舘市右衛門屋敷
常盤橋
船宿綱定
金座
金座裏
樽屋藤左衛門屋敷
龍閑川
林道場
西
南
北
東
0
200m

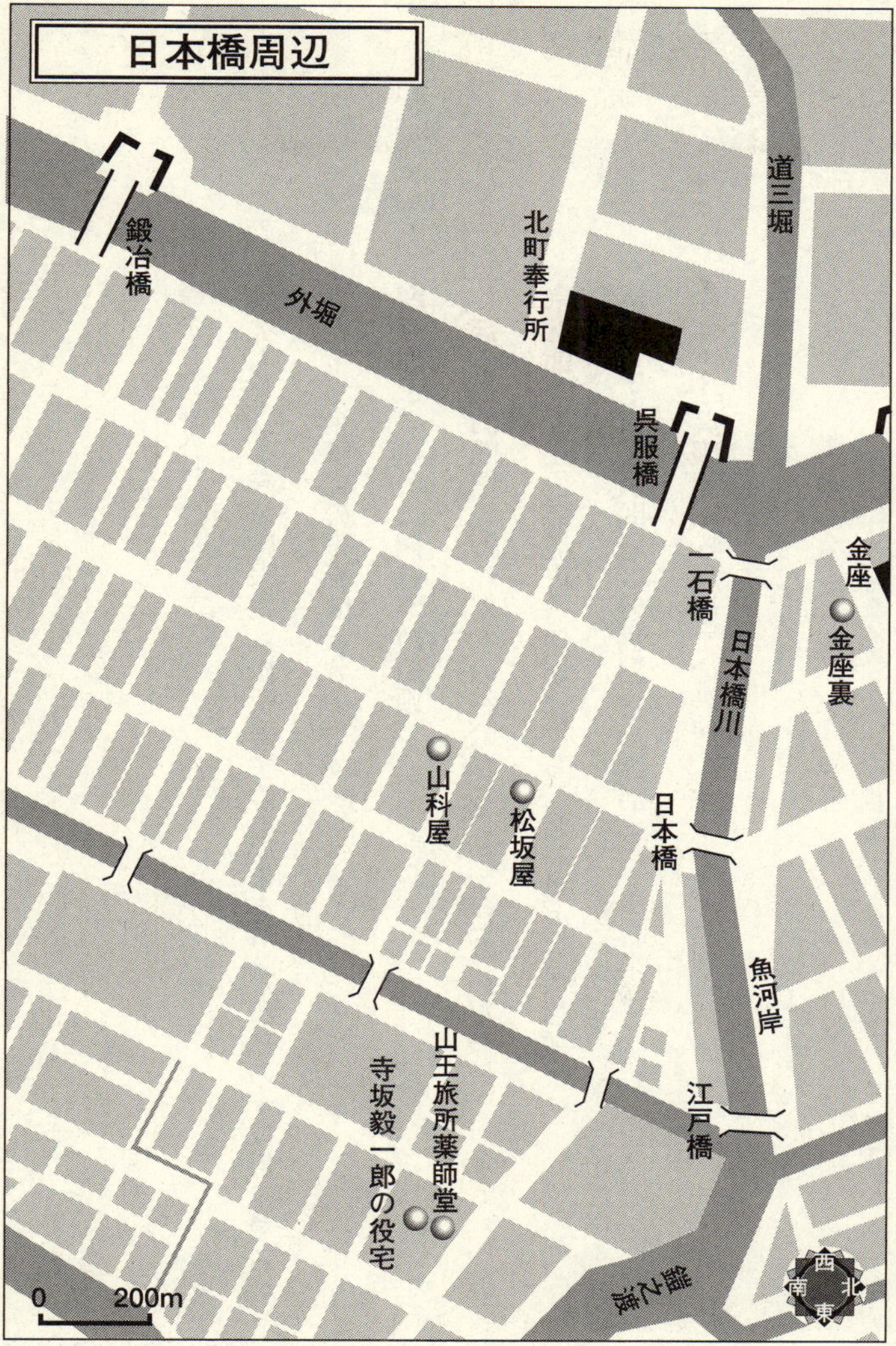
日本橋周辺
鍛冶橋
外堀
北町奉行所
道三堀
呉服橋
一石橋
金座
金座裏
日本橋川
山科屋
松坂屋
日本橋
魚河岸
江戸橋
山王旅所薬師堂
寺坂毅一郎の役宅
鎧ノ渡
0
200m
西
北
南
東

●主な登場人物

政次……日本橋の呉服屋『松坂屋』のもと手代。金座裏の十代目となる。
亮吉……金座裏の宗五郎親分の手先。
彦四郎……船宿『綱定』の船頭。
しほ……酒問屋『豊島屋』の奉公から、政次に嫁いだ娘。
宗五郎……江戸で最古参の十手持ち、金座裏の九代目。
清蔵……大手酒問屋『豊島屋』の隠居。
松六……呉服屋『松坂屋』の隠居。政次としほの仲人。

八丁堀の火事

鎌倉河岸捕物控〈十六の巻〉

第一話　居残り亮吉

一

　江戸に涼しさが戻ってきた。すると夏の間、客足が少なかった豊島屋《としまや》に常連客が顔を見せて、名物の豆腐田楽《でんがく》を菜に酒を飲む人々が増えていた。

　小上がりの上がり框《がまち》、いつもの定席に座った隠居の清蔵《せいぞう》が夕暮れの風と一緒にのれんを潜《くぐ》った亮吉《りょうきち》に、

「おい、独楽鼠《こまねずみ》、なんぞ世間に退屈しのぎの話は落ちてないか」

　と聞いた。

「隠居、そうそうご隠居を喜ばす騒ぎなんてねえよ」

　と亮吉がそっけなく清蔵に応《こた》え、どさりと清蔵の傍《かたわ》らに腰を落とした。

「どぶ鼠の機嫌が悪いな。これはなにか親分に小言を食ったせいですよ」

　清蔵が奥から店に姿を見せた庄太《しょうた》に言った。庄太が亮吉の額に手をあてて、

「熱はないようだし、ご隠居さんのいうとおり親分からこっぴどく叱《しか》られたんですよ。ならばよく利く薬がありますよ」

と清蔵に言ったが、庄太のからかいにも亮吉の反応はまるでなく憂《うれ》いを湛《たた》えたように顔を伏せていた。

「ほう、よく利く薬ね」

「うちの田楽と酒ですよ」

「違いない。でも、庄太、亮吉の付けはだいぶ溜《た》まってましたな」

「ここんとこ、お支払はございません」

「となるとその薬は処方できませんな」

「残念ながらできませんか」

隠居の清蔵と小僧の庄太が掛け合うところにお菊《きく》がお茶と酒饅頭《さかまんじゅう》を運んできた。亮吉がきたことも、清蔵と庄太が亮吉を元気づけようとからかっている声も台所で聞いていたお菊がお茶と、自分の食いぶちに貰《もら》った甘味を添えて運んできたのだ。

「亮吉さん、お茶だけど」

お菊の声に亮吉がゆっくりと伏せていた顔を上げた。

「お菊ちゃんか」

亮吉が曖昧《あいまい》な眼差《まなざ》しで呟《つぶや》いた。

「どうしたの、ご隠居さんも庄太さんも心配しているのよ。御用のことでなにかあったの」

とお菊も亮吉の様子を案じた。

お菊の家族は、亮吉と同じ鎌倉河岸《かまくらがし》裏のむじな長屋に住まいしていた。職人の親父《おやじ》が普請場で怪我《けが》をした治療代に身売りを決意し、女衒《ぜげん》の正次郎《しょうじろう》の口利きで板橋宿の曖昧宿に身を落とす寸前に宗五郎《そうごろう》と亮吉に助けられて、むじな長屋の家族の下《もと》に戻っていた。

その境遇を知った清蔵がお菊を豊島屋の女衆として雇い、なんとか鎌倉河岸の暮らしに馴染《なじ》んだところだった。

「うう－ん、なにが格別にあったというわけじゃないよ。お菊ちゃんは夏の終わりから秋にかけてよ、もの寂しくなるような気持ちにならないか」

「もの寂しい気持ちなの。私、お父っつあんやおっ母さんの顔が見られる鎌倉河岸で働いていられるのですもの、そんな気持ちになったことはないわ」

「お菊ちゃんはよ、まだ若いや。だから、この世の深遠なる無常が分からないんだ。おれのように世間の酸《す》いも甘いも数多く経験した人間だけが感じ取れる気鬱《きうつ》かもしれねえな」

　というと盆に載せられた茶碗を摑《つか》んで、ぐいっと飲んだ。そして、

「あ、熱い、これ茶か。酒かと思ったぜ」

　と上がり框から飛び上がった亮吉が口から茶を吹き出して大騒ぎした。

「ご免なさい、熱かった」

　お菊が亮吉の胸元にかかった茶を手拭《てぬぐ》いで慌てて拭った。

「なにがこの世の深遠なる無常だ。酒のことばかり考えているから温《ぬる》めの茶までが熱く感じるんだ」

　呆《あき》れ顔でいう清蔵に亮吉がふらふらと店に入ってきたときから、じいっと様子を眺めていたお喋《しゃべ》り駕籠《かご》屋の繁三《しげぞう》が、

「ご隠居、亮吉のいうことなんぞまともに受け取る馬鹿がどこにいますか。もの寂しくなるような気持ちだって。大方、どこぞの飯盛《めしも》り女に剣突くをくらったんですよ、そうに決まってますって」

「そんなところがどぶ鼠の相場かね」

「ちえっ」

　と亮吉が吐き捨てたところに龍閑橋《りゅうかんばし》際の船宿綱定《つなさだ》の船頭彦四郎《ひこしろう》が姿を見せた。

「おや、もう一人悩み多き仁《じん》が姿を見せられましたな」

清蔵が亮吉から彦四郎に関心を移したように見た。

つい二月《ふたつき》も前のことだ。

彦四郎は、幼い頃に兄妹のように一時《いっとき》を過ごした秋乃《あきの》と十数年ぶりに富岡八幡宮《とみがおかはちまんぐう》の船着場で再会した。その後、武家の妾《めかけ》になっていた秋乃と彦四郎は手に手を取り合って江戸から失踪《しっそう》する騒ぎを起こした。秋乃の行動を訝《いぶか》しみ、彦四郎の身を案じた政次《せいじ》と亮吉の探索と追跡行の結果、彦四郎は迷いの淵《ふち》から生還して立ち直るきっかけを得て、江戸に戻っていた。

その代償として秋乃の死があった。

綱定の大五郎《だいごろう》親方と女将《おかみ》のおふじは、幼馴染《おさななじ》みの二人に伴われて戻ってきた彦四郎を自分の檀家《だんか》寺の、新堀村の禅宗臨済派瑞王山南泉寺に預けて一月余りの禅修行をさせた。そして、その修行を終えた彦四郎はつい数日も前に綱定の船頭として再び働き始めたところだった。

「ご隠居、その節は迷惑をかけました」

大きな腰を折った彦四郎が清蔵に詫《わ》びた。

「気持ちの整理がつきなさったか」

清蔵の口調は一転真剣で、亮吉をからかうときの語調とは明らかに違って、慈《いつく》しみに満ちていた。

「へえ、なんとか」

「おまえさんは亮吉と違い、人間がしっかりしていなさる。それだけに当初は皆がおまえさんのことを案じましたよ。だが、立ち直ったとなれば生来実直の人柄です。苦い経験を薬にしてひと回り大きな人物になられよう。なにより大五郎親方の判断がよかったよ。一月とはいえ、厳しい禅宗の寺での修行を命じなさった即断にこの清蔵感心致しました。彦四郎、その気持ちに応えねば男じゃありませんよ」

「ご隠居、一月の修行で気持ちの整理がついたようなつかないような、なにかが変わったとも思えません。寺を出るとき、無庵《むあん》禅師にこれからは亡くなった秋乃の菩提《ぼだい》を弔《とむら》いながら、二人分を生きねばなりませんとお諭《さと》しを受けました」

「人間、簡単に煩悩《ぼんのう》を捨て去ることができればよいのですがな、隠居といわれる年になってさえ、悟達《ごたつ》には程遠い。ともかくです、大五郎さんとおふじさんの温かい気持ちを忘れてはなりませんぞ」

と清蔵が繰り返した。

「はい」

と彦四郎が素直に返事をした。

「ちぇっ、彦四郎め、一度の恋狂いくらいで悟ったような口を利くようになりやがったぜ。まだまだ甘いというんだよ」

聞くともなしに話を聞いていた亮吉が吐き捨てた。

「亮吉、なにも悟ったなんていってないぞ。ただ、おれはおれが犯した罪咎《つみとが》を忘れたくないだけなんだ」

「おりゃ、嫌なことはすぐに忘れる。いやさ、忘れなきゃあ、先に進めねえじゃないか」

亮吉が言い張った。

「亮吉、おまえが彦四郎より禅宗の寺修行に出るべきでした。罰《ばち》あたりめが」

と清蔵が応じ、それを聞き流した亮吉が、

「お菊ちゃん、彦四郎の快気祝いだ。熱燗《あつかん》で三、四本つけてくんな」

と願った。

手を振り回した清蔵が怒鳴ろうとするのを制したのは彦四郎だ。

「亮吉、気持ちだけもらった。しばらく酒は口にしないことにした」

「な、なにっ、酒を止《や》めるだと。何日だ」

「いつまでか分からない。ともかくしばらく酒は飲む気にならないんだ」

「寺で般若湯《はんにゃとう》を飲まなかったか」

「亮吉、禅修行の寺では酒どころか贅沢《ぜいたく》一切だめだ。一汁一菜といえば聞こえがよいが、炒《い》り胡麻《ごま》がかかったお粥《かゆ》に梅干しか香のもの、具の入ってないような味噌汁《みそしる》が日に二度出るだけだ」

「なんだって、それでよくも生きてこられたな」

「おれも最初はそう思ったさ。だがな、椀に七分目に装《よそ》われた粥をじっくりと味わっていると米の美味《うま》さが甘く感じられてな、一粒一粒が滋養になっていくような気がするんだ。おれたちは食い過ぎているんだよ、飲み過ぎているんだよ」

「おまえ、力仕事の船頭だぜ。お粥腹で櫓《ろ》が漕げるか」

「問題はそれだ。未《ま》だ修行が足りないや」

と言った彦四郎が清蔵らに合掌すると、

「皆の衆、ごゆっくりお楽しみを」

と言い残して外に出ていった。

亮吉が呆然《ぼうぜん》として彦四郎の背を見送っていたが、

「むじな長屋の三人組の一人は金座裏《きんざうら》の若親分に出世なさったし、もう一人は禅修行をしてよ、酒も飲まない真面目《まじめ》人間になるんだと宣告なされた。ちえっ、この世はしくじったり、け躓《つまず》いたりしながら泣いたり、笑ったりして生きるから面白いんじゃねえか。だれもが酒も口にしなくなったら、この豊島屋なんぞ直《す》ぐに暖簾《のれん》を下ろすことになるよ」

　と悪態を吐《つ》いた。

「悪女だったとしてもそう簡単に幼馴染みの死を受け入れる気になりませんか。彦四郎が立ち直るにはしばらく時間がかかりそうだ」

「やっぱり隠居も彦四郎の態度は心配か」

「いい加減なおまえさんと律儀な彦四郎の気性を二つ足して二で割れるといいんだがね」

「へんだ。丁半博打《ばくち》の壺《つぼ》じゃあるまいし、そうそうがらぽんなんてできるものか。おりゃ、生涯この気性は変えねえぞ」

「亮吉、変えねえんじゃねえ。変えようがねえほど、馬鹿がおめえには染み付いているんだよ」

　とお喋り駕籠屋の繁三が思わず呟いた。

「なんだと、お喋りめ。四の五の抜かすと鎌倉河岸に叩《たた》き込むぞ」

と小柄な体が腕まくりをしたところで、

「亮吉、また豊島屋さんに迷惑をかけてやがるな、おめえの怒鳴り声が表まで聞こえるじゃねえか」

と暖簾を分けて金座裏の番頭格《ばんとう》の八百亀《やおかめ》が姿を見せた。

「亮吉だと、気易《きやす》く呼び捨てするのはだれだ。張り倒すぞ」

と拳《こぶし》を固めて振り向いた亮吉が、

「いけねえ、八百亀の兄いか」

と慌てて首を竦《すく》めた。

「馬鹿野郎、おれのしわがれ声を忘れるほど逆上《のぼ》せやがったか」

「そうじゃあねえよ。お喋り駕籠屋が分からないことをいうもんだからよ、つい」

「ついなんだ。繁三さんに酒が出ておめえの前には出ていねえところを見ると、酒がこないのをやつあたりか」

「そんなんじゃねえよ、兄い。彦四郎が当分酒は謹慎だなんて一人いい子になって帰りやがるから、雲行きがおかしくなったんだよ」

暖簾から顔を覗《のぞ》かせる八百亀の背にだれかが話しかけた様子があった。頷《うなず》いた様子の八百亀が、

「親分が亮吉はそのままにしていろと言いなさっておられる。清蔵隠居からせいぜいお小言を食らっていろ」

と言うと顔を暖簾の間から引っ込ませた。

「な、なんだ。御用か、それを早く言ってくれなきゃあ」

金座裏の親分の一の子分を自任する亮吉が豊島屋から飛び出していき、急に豊島屋の店が静かになった。

「ご隠居、これでゆっくりと酒が飲めるね。お菊ちゃん、熱燗一本つけてくんな」

「繁三さんや、おまえさんのところもだいぶ付けが溜まっていたね。うちは元来現金商売が仕来《しき》たりですよ。それをご町内の住人だからと甘えさせたのが私の大きなしくじりでした。代替わりした倅《せがれ》は私のように甘くはありません。明日にもおまえさんの長屋に朝な夕な掛けとりに伺《うかが》うそうです、覚悟をなされ」

「えっ」

と兄弟駕籠屋が仰《の》け反《ぞ》って、

「隠居、止めてくんな。長屋で面目丸つぶれだよ、兄き、いくらか稼ぎから払っておこうぜ。亮吉のお陰で酒も満足に飲めなくなったぜ」

繁三が懐から巾着《きんちゃく》を出して卓の上にばらばらと稼ぎを広げた。大半は銭だが、中には一朱銀が何枚か混じっていた。

「庄太、二朱ばかり頂戴《ちょうだい》しておきなさい」

清蔵が命じて庄太が両手を広げて差し出した。

「二朱もか、そいつは阿漕《あこぎ》だ」

「なにが阿漕です。二人の付けをいつから待っていると思っているんです。なんなら洗いざらい計算させましょうか」

「わ、分かったよ。持ってけ、泥棒」

繁三が庄太の掌《てのひら》に二朱を叩きつけ、

「お有り難うございます」

と庄太が礼を言った。


「親分、なんぞ町内で厄介事か」

鎌倉河岸の東端にある龍閑橋の手前で河岸道に曲がった金座裏の宗五郎に独楽鼠の亮吉が話しかけた。

三人の鼻先に軒行灯《のきあんどん》に明かりを入れるおふじの後ろ姿が浮かんでいた。

晩夏の夕暮れの風に堀の柳の枝がゆっくりと靡《なび》いている。

「月でも見ようってんで、猪牙《ちょき》を大川に浮かべようという算段か」

「うるせいな、どぶ鼠。少しくらい黙っていられねえか」

八百亀が注意した声におふじが振り返り、

「あら、金座裏の親分さん、舟のご入り用ですか」

「亮吉の喚《わめ》き声が耳に入りなすったか」

と宗五郎が応じて、おふじが、

「その節は若親分方の手間を取らせました。彦四郎も深く思うところがあるようで今まで以上に真面目に勤めておりますればお許し下さい」

と詫びた。

「おふじさん、なにもおまえ様が詫びる話じゃないよ。幼馴染みが助け合ったただけのことだ。それよりわっしはね、大五郎親方が寺修行に出しなさった、潔《いさぎよ》い決断に驚かされました。いえ、この亮吉なんぞはこれまでに何度寺修行に出されていても不思議じゃねえ。もっとも寺修行で胸の悩みやわだかまりと正面から向き合える人間と、うちの亮吉なんぞのように寺の門を潜ったときから逃げ出す算段を考えている野郎では大違いだ。亮吉はいくら寺に押し込んでもどうにも手がつけられない手合《てあい》だ」

「親分、おれなんぞ禅宗の寺に籠《こも》らなくたってよ、世間の是非は分かっているからね。

寺修行は要《い》らないんだよ」

「おふじさん、みねえ。罰あたりがこんなことを抜かしやがる。そこへいくと素直に修行を受けた彦四郎もえらいが、親方も女将さんも考えなすった。後々いい経験になりましょうよ」

と言った宗五郎がおふじに問うた。

「月見じゃねえが、猪牙は残ってございますかね」

「彦四郎が船着場で舟の手入れをしている筈《はず》です」

おふじが河岸道から龍閑川と土地の人に呼ばれる堀を覗くと、船着場に上げられた猪牙舟の舟底の手入れを彦四郎が黙々としていた。それは自分の舟ではなかった。

「彦、親分が御用だとよ」

亮吉が最前別れたばかりの彦四郎に呼びかけた。振り向いた彦四郎が宗五郎にぺこりと頭を下げて、

「親分、その節は厄介をかけました」

と謝罪の言葉を口にした。

「若いうちは一つや二つ間違いは起こすものさ。それより間違いを起こした後が肝心だ。おめえにはいい薬になったようだな。その点、うちの……」

「親分、皆まで言わなくていいぜ。亮吉は何度間違いを起こしてもなんの薬にもなりはしねえ、とこうくるね」

「そこまで分かっていて、どうして同じ過《あやま》ちを繰り返すかねえ」

宗五郎が呆れたように言った。

「親分、亮吉にはなにを言っても無理だ。それが亮吉のいいところなんですよ」

と友を庇《かば》った彦四郎が、

「御用ですか」

「急ぎじゃねえがそんなもんだ」

彦四郎が堀に舫《もや》われた猪牙舟に飛んでいき、急いで仕度をした。亮吉が舫い綱を解き、宗五郎と八百亀が乗り込んで、彦四郎が棹《さお》を使って船着場から出した。最後に亮吉が船着場を草履の足で蹴《け》ると、体の下に広がる水面《みなも》を身軽に飛んで猪牙舟に乗り込んだ。

寒くも暑くもない宵だ。

「親分、どこに行きなさるね」

「今戸橋《いまどばし》だ」

と八百亀が答え、

「えっ、吉原《なか》かえ。おれと彦四郎を吉原で遊ばせようという心遣いでござんすか」

と急に亮吉が張り切った。

二

彦四郎の漕ぐ猪牙舟は、一旦《いったん》龍閑橋を潜り、御堀に出ると常盤《ときわ》橋を抜けて、一石《いちこく》橋に出た。

御城端から大川に向けて短くも江戸で有名な日本橋川が江戸を南北に二分するように通っていた。この日本橋川の左岸には、

「一日千両」

の賑《にぎ》わいを見せる魚河岸があり、反対岸の右岸から木更津湊《きさらづみなと》など江戸と各地を結ぶ舟運の発着する木更津河岸があり、江戸の心臓部といえる界隈《かいわい》だった。

なにより彦四郎の舟が今しも潜りぬけようとする日本橋は、五街道の起点がおかれ、日本全土の、

「へそ」

と言える場所だった。

彦四郎の大きな体を利した悠然たる櫓さばきは、一際ゆったりと見えたが、先行す

る猪牙を一漕ぎであっさりと抜きさる技を持っていた。

「彦四郎、おまえ、禅寺で櫓漕ぎの修行もしたかえ」

と八百亀が言ったほどだ。

「八百亀の兄い、いくらなんでも寺で櫓が漕げるものか」

と答えた彦四郎がしばらく沈黙した後、

「おりゃ、馬鹿なことをしでかした後よ、親方が新堀村の南泉寺に修行にいってこいという言葉を深くは考えずに寺に入ったんだよ。修行僧と一緒に寝起きしてなにがつらかったかって、朝起きでもねえ、粥しか食べられねえってことでもなかったよ、八百亀の兄い」

「やっぱりな、酒が欲しかったんだろう」

亮吉が口を挟んだ。

「亮吉、そんなこっちゃねえ。おりゃ、十三のとき、自ら望んで綱定に船頭の弟子入りしたんだ。それほど好きだった川や櫓と遠ざかったことがこれほど苦しいとは思いもしなかったよ、おれは己で決めた道を裏切ったんだ」

と彦四郎は言い切り、続けた。

「座禅の時、無念無想になれと教えられたが、おれはどんなに足掻《あが》いても無念無想なんぞの境地にはなれなかった。あるとき、ずっと思い続けてきた櫓を漕ぎたいという思いにさ、いつしか櫓を漕ぐ真似《まね》を頭になぞっていたと思いねえ。するてえと、すうっと頭から雑念が消えてよ、体が軽くなったような気がしたんだ。こんとき、おれは大きな流れを独り、舟に乗って櫓を漕ぎ上がる様を思い描いていただけなんだ。そんなことが何日か続いた後、座禅を指導する桂泉《けいせん》さんに、彦四郎、座禅の心が少し分かりかけてきましたな、と褒められたんだ。

おりゃ、禅のことなんぞ考えていたわけじゃない。櫓が漕ぎたかったから、頭の中でただ漕ぐ真似をしていただけなんだ。そんとき、おれの天職は船頭だと改めて思ったよ。だから修行が明けたらどんなことがあっても、親方に願って船頭に戻してもらおうと思ったんだ」

「彦四郎、おめえはおかしな野郎だぜ。禅寺に入って仕事がしたくなっただと。ふつうはよ、不自由な暮らしを強《し》いられたらよ、よおし、寺を出たら飲み屋に飛び込み、たらふく酒を呑むぞとかよ、吉原に駆け付けて馴染みを抱こうなんて考えないか」

「独楽鼠、おめえらしいな」

八百亀が呆れ顔で亮吉を見た。

「八百亀、いくら亮吉に説教したって無理なこったぜ。同じ長屋に生まれ育った三人でも人それぞれ違った道をお天道様が用意しなさったんだ。亮吉は亮吉らしく、おろかなことを繰り返しながら生きていくしかあるめえよ」

宗五郎が苦笑いしながら応じた。

「ほれ、みねえ。八百亀の兄い、おれはおれでよ、俗世間って町中道場で悩んだり迷ったりするのがお似合いなんだよ。政次若親分のように眠い目こすりこすり赤坂田町《たまち》の神谷《かみや》道場に通ってよ、剣術修行してみたり、彦四郎のように禅修行に放り込まれた寺で悟りを開くなんぞはおれには到底無理なんだ。おりゃ、煩悩といっしょにこの世の中に死ぬまで生きていくぜ」

「なんだか、亮吉が度《ど》し難《がた》い馬鹿か、それとも一廉《ひとかど》の人物か、迷ってきちまったぜ、親分」

と八百亀が苦笑いした。

「それより親分、おれと彦四郎を吉原に遊ばせようという魂胆が分からねえ。どういう風の吹き回しだ」

「だれがおめえを吉原で遊ばせようなんて言ったえ」

宗五郎が吸っていた煙管《キセル》の灰を煙草《タバコ》盆に落とした。

いつの間にか猪牙舟は、大川に出ていた。

「ということは御用か」

「いや、最前から思案がつかないでいたがさ、おめえの講釈を聞いていたら、ぴーんと閃《ひらめ》いた。亮吉、おめえがいうとおり寺修行だ、剣術修行だってのは半日だってもつめえ」

「四半刻《しはんとき》（三十分）だって無理だ」

亮吉が胸を張った。

「吉原で居残り修行というのはどうだ」

「しめた。そうこなくっちゃ、親分、吉原居残りはおれの生涯の夢だ」

とにんまりとした亮吉が、

「親分、贅沢はいわねえ。大籬《おおまがき》じゃなくていい。中見世《なかみせ》がおれには似合いだ。花魁《おいらん》もぽっちゃりとした肌が抜けるような相手でさ、年の頃なら二十一、二。大人《おとな》しい気性のよ、江戸の生まれがいいな。ずうずう弁で、おまえ様、飯を食うべえか、酒にすべえか。それとも閨《ねや》にもぐずりこむべえかはいけねえや。親分だって、若い頃は姐《あね》さんに内緒で大門《おおもん》潜ったろ、居続けはしたかえ」

「馬鹿野郎」

八百亀が亮吉の横面《よこつら》を張り飛ばした。

「痛《い》てえ、なにするんだよ、兄い」

「亮吉、調子に乗るんじゃねえ。親分がいつおめえを吉原の客として居続けさせるといいなさった」

「えっ、客じゃねえのか」

にたり、と笑った宗五郎が、

「まあ、聞け」

「なんだか、気が抜けたな」

と亮吉が小柄な体の肩を落とした。

「おまえも知らないことはあるまい。富沢町の古着商の元締め、伊勢《いせ》元衣《もとい》左衛門《ざえもん》様をな」

「うちの縄張り内だ。ただ今は十一代目の旦那でさ、痩《や》せた狐《きつね》みてえな顔の親爺《おやじ》だぜ。あの顔は癇性《かんしょう》の面だ。あの下で働く奉公人は大変と思うな」

「余計な無駄口は抜きだ、亮吉」

「へえ、親分」

富沢町はその昔鳶沢《とびさわ》町と呼ばれていたとか。その謂《いわ》れが面白い。

家康が江戸に都城の建設を始めた慶長期、江戸湾の湿地に神田《かんだ》川沿いの高台から崩した土砂を埋め立てて町を建設していった。そんな新城下町建設に沸く江戸に働き口を求めて諸国から人が集まり、その中には夜盗の群れもいて、朝になれば、夜中に襲われた男女の死骸《しがい》があちらこちらにごろごろとしていたそうな。

家康配下の家来たちは都城建設に手いっぱいで夜盗の取り締まりにまで手が回らなかった。そこで家康が一計を案じた。

夜盗の群れの中でも一番力のある鳶沢某に狙《ねら》いを定めて、捕縛させた。そして、家康の前に引っ立てられた鳶沢に、

「この場で首を刎《は》ねるもよし。また、ことの次第によってはそなたの命長らえさせる道がないわけではなし」

と睨《にら》み据えたという。

「なんでございますな」

鳶沢が不敵な面魂《つらだましい》でぎょろりと家康を睨み返した。

「そなた、夜盗の群れを退治せえ。さすれば」

と家康が言葉を切った。

「仲間を裏切れと申されますか」

「仲間じゃと、烏合《うごう》の衆が数を頼んでの急ぎ働き、仲間もなにもあるものか」

と毒を以《もっ》て毒を制する策を提案した。

「それがしが江戸の闇《やみ》に蠢《うごめ》く面々を始末致したと致しましょう。さすればいかが相《あい》なるのでございますか」

「そなたの命、この家康が呉《く》れてやろうか」

「ふっふっふ」

と笑った鳶沢が、

「命の他になにか褒美がございますので」

「わが居城近く丑寅《うしとら》の方角、鬼門にあたる町に拝領地を与えて、古着商の権利を与えようか」

「徳川幕府の鬼門をこの鳶沢に護《まも》れと申されますか」

「おうさ、厭《いや》か」

「古着商いの権利も合わせてでございますな」

「念には及ばぬ」

「一両日の時を貸して下され。江戸の闇を見事に放逐してご覧にいれます」

鳶沢某の働きで新開地の江戸から夜盗の群れが姿を消した。そして、鳶沢某が拝領した千代田城から八丁（約九百メートル）ほど離れた地は鳶沢町と呼ばれ、古着屋が雲集して、江戸の賑わいの一端を担った。

古着は新物の衣類以上の需要があり、何倍もの売り上げがあって、その利が鳶沢の下に集まった。いや、金ばかりではない、古着売買にはその衣類に纏《まつ》わる情報がついており、それを鳶沢が知ることになる。

家康から約束されたのは権益と情報だったのだ。

「亮吉、古着問屋の伊勢元は鳶沢の直系じゃねえ。だがな、鳶沢町が造られたと同じ時代からつづく老舗《しにせ》だ」

「へえ」

と亮吉が畏《かしこ》まった。

「十二代目になる伊勢元の倅の精太郎《せいたろう》のことだ」

「あのうらなりの瓢箪《ひょうたん》野郎か」

「おまえ、知り合いか」

滅相もねえ、と亮吉は顔の前でひらひらと手を横に振った。

「あっちは大店《おおだな》の若旦那、それも仕事一筋のいたって真面目人間といいてえが、石部《いしべ》金吉《きんきち》、堅物《かたぶつ》だ。どうして知り合いなどなれるものか。親分、あいつが吉原の花魁にほれ込んだか、としたら厄介だぜ。真面目な野郎ほどあとをひくからな。そうか、居続けってのは精太郎のことか。こいつは時が来るまで待っつしかあるめえ」

　と亮吉が先走った。

「そんな悠長は許されないんだよ」

「なぜだえ、親分」

「春先に精太郎は祝言《しゅうげん》が待っていらあ」

「そうか、素人《しろうと》娘より百戦錬磨の花魁の秘技にめろめろになってよ、わちきは小便くさい娘より吉原の花魁がようございますなんて親父に宣告して廓内《なか》にお籠《こも》りしたか」

「そうでもねえ、亮吉。おめえの頭じゃ思いつくめえよ」

　宗五郎が笑った。

「彦四郎、おめえはつい最近女に狂った身だ。推量がつくか」

「親分、吉原の男衆の仕事に惚《ほ》れて、花魁の助けがしてえとかなにか言い出したんじゃねえか」

「さすがに彦四郎、秩父《ちちぶ》くんだりまで幼馴染みと伊達《だて》に道行《みちゆき》をしのけたわけではないな」

　宗五郎が妙に感心し、彦四郎は当てが外れたかという顔をしたが、亮吉は食いついた。

「えっ、大家《たいけ》の若旦那が吉原の男衆だと。男衆といってもピンきりだぜ。妓楼《ぎろう》の若い衆は、楼を仕切る番頭から見世番、二階廻《まわ》し、掛取《かけと》り、物書き、不寝番、風呂番、中郎、飯炊き、料理人、その他によ、行くとこがなくてよ、死ぬまで楼で飲み食い寝泊まりだけを許された年寄りの下男とあれこれと役回りがあらあ」

「ふうーん」

と宗五郎が亮吉の口上を鼻でせせら笑うように返事をして、

「他には男衆の役はねえか」

と聞いた。

「揚屋《あげや》男もいれば引手《ひきて》茶屋《ぢゃや》にも男衆がいるがよ、きりがねえぜ。だが、若旦那が入れ込むとなると、そうか、幇間《ほうかん》だな。遊びの末に身を持ち崩して、芸は身を助けるとばかり、男芸者になったか」

「それも違うな。第一、精太郎はこれまで芸事を習ったことはねえ」

「じゃあ、親分、精太郎が吉原で勤めたいという仕事はなんだえ」

「それが今一つ分からない」

「なんだ、おれにただぺらぺら喋らせただけか」

彦四郎の漕ぐ猪牙舟はいつの間にか山谷《さんや》堀が隅田川に流れ込む合流部に接近しており、前方に今戸橋が見えた。

山谷堀の両岸には柳橋あたりの船宿から猪牙に乗ってきた客を迎える船宿が軒を連ね、船宿の前から突き出た橋板が流れに並んでいた。

刻限が刻限だ、どこの橋板にも猪牙が着いて船宿の女将が出迎えていた。吉原近くの船宿ならではの光景だ。

「彦四郎、舟を衣紋《えもん》坂あたりまでつけてくんな」

宗五郎が命じ、あいよ、と彦四郎が受けた。そして、堀に入って櫓をゆったりと流し始めた。

宗五郎が肝心の話を亮吉に伝えてないと思ったからだ。

山谷堀の水源は下谷《したや》から流れ出る根岸川で、江戸城が修築された折り、砂礫《されき》の採取で広げられた。

山谷堀の総延長はわずか五、六丁余り。川幅は隅田川との合流部で十二間《けん》、上流部辺りで五、六間、川の深さは、六、七尺あった。

船宿も今戸橋から新鳥越橋の間に集中していた。

彦四郎は、新鳥越橋を越えて山谷堀を漕ぎ上がった。もはや吉原の客を乗せた猪牙舟の姿はない。

「亮吉、大籬の角海老《かどえび》楼を承知だな」

「おうさ、京町《きょうまち》の角にある大楼だ」

「精太郎は、来春嫁を迎えるといったな。相手は富沢町の同業古着屋松屋《まつや》の娘でおふゆ、年は十八、精太郎と幼いころからの知り合い、二人して想《おも》い思われの仲だ」

「そんな娘がいて、堅物の精太郎め、なんで吉原なんぞにいったんだ」

「伊勢元の番頭の源蔵《げんぞう》が、若旦那は女の手を握ったこともない堅物ゆえ、祝言の夜になにをしくじってもいけねえと、気を利かせて掛け取りと称して若旦那を角海老に誘い込んだそうな」

「さすがに大店には気が利いた番頭がいるね。その点、うちの番頭さんが、おい、亮吉、吉原に掛け取りだと誘ったことなんぞ一度もねえ」

と八百亀を見た。

「馬鹿野郎、おめえみてえに十四、五の年から深川の櫓下《やぐらした》なんぞの安女郎に通い詰める野郎の手ほどきをなんで一々しなきゃあならないんだ」

と八百亀が一蹴《いっしゅう》した。

「亮吉、精太郎はその夜、角海老の呼び出しの伏見《ふしみ》という花魁を当てられたらしい」

「伏見か、楚々《そそ》とした風情《ふぜい》の太夫《たゆう》さんだぜ。あの目で見詰められたら、ぞくりとするね。おれなんぞは、主《ぬし》さま、亮吉さま、なんぞ言われたら、もう死んでもいい」

「その伏見の手も精太郎は握らなかったそうな」

「親分、そりゃそうだよ。大籬や大見世というところはさ、上がったからといっていきなり太夫と床入《とこい》りできるものか。初会《しょかい》はいわば挨拶《あいさつ》だ、互いが酒を酌み交わして次の逢瀬《おうせ》を約して、楼をあっさりと出るのが仕来たりだ。二回目に裏を返して、三度目でようやく床入りって寸法だ。これが吉原の決まりなんだよ」

「亮吉、よう承知だな」

宗五郎のからかいに八百亀が笑った。だが、当の亮吉は大真面目に、

「親分はいつだって言うじゃないか。御用聞きの手先はどんなことだって知っておくのが後々役に立つってな」

「そうか、おめえがすべた女郎と抱き合うのもすべて御用のためか」

「そうだよ」

と胸を張った亮吉が、宗五郎の笑みを浮かべた顔を土手八丁の駕籠の明かりで見て、

「話を本題に戻してくんな、親分」

と急《せ》かせた。

「むろん伊勢元の番頭は角海老にそれなりの金子《きんす》を使い、伏見に事情を話して初会からの床入りを願っておいたんだ」

「なにっ、そんなお膳立《ぜんだ》てがあっても精太郎、伏見の誘惑に落ちなかったか。あいつ、女嫌いかね」

と問い返す亮吉に宗五郎が顔を横に振り、彦四郎が、

「親分、おふゆに義理を立てたんだ」

「彦四郎、ひょっとしたらおまえの推量があたっているかもしれねえ。ともかく精太郎が居続けするってんで、思う壺にはまったと番頭は独り先に戻ってきた。ところが数日して、角海老の番頭の種五郎《たねごろう》が伊勢元を訪ねてきて、伏見と床入りの真似事をしたのは初めての夜だけで、次の夜から角海老の布団部屋に自ら移って、男衆に交じって働き始めたというのだ。吉原で居続けと居残りじゃわずか二字違いだが天と地ほども待遇が違う」

「親分、居続けは客としてだ。だが、居残りとなると楼に金が払えなくて金の都合がつくまで布団部屋なんぞで居候《いそうろう》だ」

「よう承知だな、亮吉。精太郎は、当分、吉原に居残りをするとお店に手紙まで書いてきたそうな」

「魂胆が分からないぜ」

「そう、伊勢元の番頭さんに、金座裏、いささか役目違いだが相談に乗ってくれないかと頼まれてな、こうやって吉原にやってきたというわけだ」

「なんだか妙な話になったぜ」

と亮吉が思案投げ首の体《てい》で、あてが違ったという顔をしたとき、

「親分、着いたぜ」

と川幅の狭くなった土手八丁の土手に彦四郎の猪牙が舳先《へさき》をぶつけた。

「亮吉、おめえは角海老の布団部屋で精太郎と居残りしねえ。精太郎の魂胆を探るのが御用だ。いいか、まかり間違っても太夫の伏見なんぞに懸想《けそう》して手なんぞ握ろうなんて野心を起こすんじゃねえぞ。おれが角海老の布団部屋に入るまでの手続きはしてやろう」

ふうっ、と亮吉の溜息《ためいき》が洩《も》れ、

「亮吉、楼の二階を取り仕切っているのは遣手《やりて》のおつねだ。まずこいつに可愛《かわい》がられることが精太郎の魂胆を見抜く近道だ」

と八百亀が年の功で指示してくれた。

三

亮吉は角海老の布団部屋で精太郎と顔を合わせて、驚いた。うらなりの精太郎の顔がいきいきして輝いていた。

「おれ、ちょいと銭が足りなくなって仲間が金をこさえるまで居残りだ。よろしく頼むぜ」

精太郎は、迷惑なという顔をしたが、そのことを口にはしなかった。

「兄さん、どこかでお見かけしたような」

と妓楼の男衆になり切った言葉遣いで精太郎が聞いた。

「おめえのような男に知り合いはねえぜ、おれにはなんの覚えもねえけどよ」

「さいですか」

「おりゃ、深川永代寺門前町《えいたいじ》の左官の両次《りょうじ》だ、よろしくな」

亮吉が金座裏の手先《てさき》という身分を隠して答えていた。

親分の宗五郎と八百亀の兄いに連れられた亮吉は、大門を潜った右手の面番所《めんばんしょ》にまず挨拶に出向いた。

官許の遊里の吉原は、町奉行所の監督下にあって隠密廻りの与力同心が詰めて、廓《くるわ》内《うち》の治安を維持する役目を負わされている。だが、実際に吉原の自治と治安を守るのは、吉原自身が組織した吉原会所で、その詰め所は大門の右手にあった。

宗五郎はまず吉原での御用を勤める仁義を面番所に終えたあと、吉原会所に回り、当代の四郎兵衛《しろべえ》頭取に挨拶し、角海老の番頭をそっと呼んでほしいと願った。

宗五郎と四郎兵衛は旧知の間柄だ。

四郎兵衛がすぐに使いを出して角海老の番頭の種五郎を会所に呼ばせた。

種五郎が姿を見せたところで宗五郎が、

「角海老の番頭さんはすでに承知のことだが」

と前置きして事の経緯を語った。

「なんですって、富沢町の伊勢元の若旦那が角海老で男衆修業ですと」

と四郎兵衛が呆れた顔をした。

「頭取、そうなんで。私もね、精太郎さんが遊蕩《ゆうとう》の末に吉原の男衆に身を落としたというのなら話が分かるのですが、伏見太夫と一緒に床入りして、太夫、私には願かけしたことがございまして、女身には触れたくございませんって、断ったというんですよ。伏見は数日、わちきにはそれほど魅力がございませんかと意気消沈、まんまも喉《のど》を通らない有様で稼ぎ頭の伏見があれではうちの見世の士気にも関わります」

「で、若旦那は、布団部屋でのうのうと過ごしているんですか」

種五郎の言葉に四郎兵衛が聞いた。

「いえ、大家の若旦那というから鷹揚《おうよう》なお方かと思ったら、よう気が付かれて働かれるのでございますよ。他の男衆が厭がることでも、へいへいの二つ返事でさっさと片付けられる。またその手際がいいことといったら、妓楼の奉公四十年のこの種五郎が呆れるばかり、居残り二十日ですっかり角海老のなくてはならない男衆でございますよ」

「番頭さん、そこが困ったところだ。伊勢元ではなにも精太郎を角海老に丁稚《でっち》奉公に出したわけじゃない、遊びに連れていって手解《てほど》きをと思っただけなんだ。来春早々にはおふゆという娘との祝言が決まっている身、なんとかしてくださいと伊勢元の番頭さんに泣きつかれてね」

宗五郎が話を締め括《くく》った。

「こりゃ、難題だ」

と四郎兵衛が首を捻《ひね》った。

「そこでうちの独楽鼠を角海老に上げ、布団部屋の精太郎のところに相部屋にさせて、精太郎の魂胆を見抜こうという手を思いついたんだが、頭取、番頭さん、手助けしてくださいな」

宗五郎が願った。

「そうだね、昼夜一緒に暮らしていたら、若旦那もうちの布団部屋のお籠りの理由をぽろりと喋るかもしれないね」

種五郎が応じて、亮吉が身分を秘して角海老の布団部屋に寝泊まりすることになった。

精太郎は、布団部屋をきちんと片付けて、ただ一つ、中庭に向かってはめ込まれた高窓の下にどこで見つけたか、古机を置き、硯《すずり》筆などを並べ、まるで代書屋《だいしょや》の体の設《しつら》えをして、お呼びがかかるのを待っていた。

「精太郎さん」

遣手から声がかかったときには精太郎、

「へーい」

と答えながらひょいと机の前から飛び上がり、襖《ふすま》をするりと開けて廊下を走って大階段の下り口で客と遊女の動静をにらむ遣手おつねのところにすっ飛んでいった。

「おっ魂消《たまげ》たぜ」

と呟いた亮吉も精太郎を真似て、廊下をかけ出したが、

「ちょいと邪魔だよ、おまえ、何様のつもりで廊下の真ん中を通るんだい。使いなら使いらしく廊下の端をちょろちょろしな」

番頭新造《しんぞう》にいきなり小言を食った。

亮吉が遣手の陣取る小部屋に行ったときにはもはや精太郎の姿はなく、用を足しにどこかにすっ飛んで消えていた。

角海老のおつねはその昔、この楼で女郎を務めたこともあり、楼のことならなんでも承知の、狐面した五十前後の女だった。

「遣手のおばさん、わっしにも仕事を下さいな」

「なんだって、遣手のおばさんだって呼びやがったな。吉原は女でもっている里なんだよ。年がちょいと食っていても姐《ねえ》さんくらい呼ばないか」

「へえ、姐さん」

「まぬけ！　楼の二階の取り締まりの親玉が私だよ。二階廻しの下働きは考えちゃならない、呼ばれたときには体が動いてなきゃあならないんだよ。精太郎をみな、私が声を出すか出さないうちに飛んできて用事を察して言葉が終わったときには、すでに姿がないよ。それをなんだい、おまえは、精太郎のあとからのそのそと来やがって、わっしにも仕事を下さいだと。まあいいや、てめえから面を出しただけでもよしとするか。名はあんのか、ないのか」

といきなり小言を食った。

「へい、亮吉、いやさ、両次ってけちな野郎で」

「けちな野郎が余計というんだよ。この吉原では二階廻しの雑用は人間以下、虫けら同然の輩《やから》だ、最初からけちは承知だ。両次、部屋の隅にある煙草盆をきれいに掃除しな」

「へえ」

亮吉はせまい遣手の部屋に廊下から飛び込んだ。すると薄暗がりにあった茶碗を倒して中身を零《こぼ》した。

「私の大事な煎《せん》じ薬を零しやがったな、まぬけ。遣手の座敷は大広間じゃないよ、ちったあ考えて動きな」

「姐さん、最前は考えねえで動けと言いなさったぜ」

「馬鹿、そいつは言葉のあやだ。ちったあ、ない脳味噌を働かさないか」

と怒られて慌ててその辺にあった雑巾《ぞうきん》のような布切れで零れた煎じ薬を拭《ふ》こうとすると、長煙管でぴしゃりと手を叩かれた。

「なにをするんだい、私の手拭いで煎じ薬を拭く気かえ。ああ、この馬鹿ったら、手拭いで拭いちゃったよ」

また小言を食らった。

「すまねえ、姐さん」

「なにがすまねえだ。詫びの仕方もしらないのか、御免色里の吉原じゃあ、すまねえなんて、御用聞きの手先が使うような言葉は使わないんだよ」

「なんと謝ればいいですかえ、姐さん」

「一々おまえに言葉の遣い方から動きまで指導しなきゃあならないかねえ、仕事が増えるじゃないか」

と遣手のおつねが、

「金座裏じゃあ、礼儀作法を教え込まれなかったか」

と声を潜めた。

「そりゃ、入りたてのころは親分や八百亀の兄さんにきびしく」

と答えかけた亮吉が、うんと顔をおつねに向け直した。

「おつねさん、おれのことを承知なのかえ」

「最前、金座裏の九代目がわざわざ私のところまできて、至らない手先をひとり預けるがこちらの奉公人同様にこき使ってくれって、ご丁寧な挨拶を受けたよ。さすがに古町《こまち》町人、開闢《かいびやく》以来の金流しの親分の貫禄は違うね、成田屋《なりたや》だってあの風格はないよ」

「なんだ、そうかえ」

ほっとした亮吉が遣手の小部屋で胡坐《あぐら》をかこうとすると、

「ほれ、どこに胡坐をかく見習いがいるものか」

と長煙管の雁首が飛んできて、ぴしゃりと膝《ひざ》を打った。

「煙草盆を磨き立てながら今晩は仕事を覚えな、亮吉」

「姐さん、両次にござんす」

「その呼吸《いき》だよ。いいか、吉原では」

「言われた先に用事をこなすでござんすね」

「ほう、おまえも布団部屋に半月もいれば半人前の二階廻しにはなりそうだよ」

と初めて亮吉を認める言葉をおつねが吐いた。

亮吉は客に出す煙草盆が五つほどあるのを行灯のうす明かりで見て、

「おつねさんよ、どれもきれいだぜ」

「馬鹿、とんま、まぬけ。薄暗がりで見たくらいでなにがわかる。花魁のいる座敷に出したときに汚れの一つでも残っていたら、花魁の顔にどろを塗ることになるんだよ。

魂こめて、そこにある布切れで丁寧に磨き立てな。吉原の二階じゃあ、これが一番の楽仕事だ」

とおつねが教えた。

「へえ、畏まりました」

素直に応じた亮吉は見習いの両次になりきって何度も水を潜った晒《さら》し木綿《もめん》で細工のいい煙草盆の一つ一つを磨き始めた。

「金座裏じゃ、なんて呼ばれてんだい。名前かい」

「亮吉と呼ばれる場合もないじゃないが、うろちょろしてるんで独楽鼠、ひでえ奴になると、どぶ鼠と呼びやがる」

「急に付けられた名よりおまえも馴染みの独楽鼠で呼んでやるよ」

「そいつは有り難いぜ、姐さん」

ようやく遣手のおつねが亮吉に心を許したようだった。

しばらくの間、煙草盆を磨くことに専念した。

座敷では次々に客が登楼し、酒の注文が入ったりした。だが、座敷に酒を運ぶ役目は本職の二階廻しが黙々とこなした。

大籬の角海老では雑用掛《がかり》の二階廻しは三人いて、花魁衆の座敷の燭台《しょくだい》から火鉢、煙草盆の手配り、台屋が運んでくる料理膳まで取り扱った。

吉原の男衆は陰の存在だ。明かりが煌《きら》びやかにあふれる座敷に出入りすることなく、それらの仕事を黙ってこなした。

亮吉は煙草盆を磨きながら二階廻しの動きを覚えこもうとした。

五つ（午後八時）前後、精太郎が使いから戻り、廊下に坐《ざ》して遣手のおつねに何事か復命した。

「精太郎、揚羽《あげは》花魁の座敷に届けるんだよ」

「へえ」

と小さな声で畏まった精太郎は音もなく飛び上がると、その瞬間には大廊下を走って姿を消した。

「心から驚かされるぜ」

「金座裏の手先も驚いたか。うちだって時に大店の若旦那が遊びの末に身を持ち崩して男衆に身を落としたいなんて入り込むこともある。だがね、精太郎ほどの気働きをした者は一人だっていないよ。いやさ、本職の二階廻しだって、あれほど動ける人間を見つけるのは難しいよ。わたしゃ、最初、これがほんとうに富沢町の古着問屋の伊勢元の若旦那かと目を疑ったよ」

「そりゃ、わっしもでござんす」

亮吉は煙草盆を磨きながらいつもと違う言葉遣いになっていた。

「おつね姐さん、精太郎め、相思相愛の娘との祝言を控えて、この吉原でなにをしようという気かね」

「精太郎の魂胆がすぐに見抜けるくらいなら、独楽鼠のおまえを金座裏もうちに入り込ませなかったろうよ」

「違いねえ」

亮吉が応じるところに精太郎が姿を見せておつねの前に正座し、

「金魚花魁が刻みを切らしまして、廓内の煙草屋で求めてこいと命じられました。揚屋町裏の煙草屋まで行って参ります」

と許しを請うた。

「願いますよ」

とおつねが許しを与えると精太郎は大階段ではなく裏階段を使って階下へと下りていった。

「わたしゃ、親や店の奉公人も知らない揉《も》め事があってさ、吉原に逃げ込んでやり過ごしているのかと最初は思ったよ。だが、その様子はさらさらない。さらに伊勢元が吉原の楼の株を買ってさ、吉原に乗り込んでくるために若旦那を探りに入れたかと疑ってもみた。この話は今も生きているがね、伊勢元が金座裏に願って、若旦那の真意をと頼んだところをみると、これも見当違いかね。最後にはほんとうに吉原の男衆になりたいのかと思ってみたりしたが、独楽鼠、おまえの考えはどうだえ」

遣手のおつねが亮吉の考えを聞いた。

「さてそこでさあ。幼馴染みでお互いに惚れ合ったおふゆさんが富沢町に待っているんだ、まさか本気で吉原の男衆になろうなんて、いささか妙だぜ」

「それにしても精太郎は本職より本職らしい二階廻しだよ、どこで仕事を覚えたかねえ。今じゃあ、伏見太夫を始め、花魁衆が真っ先に精太郎に用事を頼もうとするんだよ」

「たしか、伏見太夫が楼に上がったときの相手でござんしたね」

「伏見はこの吉原で三指に入る松の位の太夫、器量もよければ気風も文句なし、客のあしらいも閨のわざも申し分のない花魁だ。それがあっさりと袖《そで》にされたというので、当座は精太郎の顔を見たくないといっていたがね、精太郎が誠心誠意つとめるものだから、つい心を許したようで内緒事でも頼むようだよ」

「ほう、花魁の内緒事ね」

「独楽鼠、おまえの頭じゃ、そんなところを勘ぐるだろうが駄目だよ。吉原では女郎の内緒事は逐一この遣手のおつねが承知なんだよ、精太郎が伏見太夫の内緒事の相談を受けたからといって、精太郎がなにかしようとしても私に筒抜けさ」

と首を傾げた。

「おつねさん、精太郎はもう二十日も居残りだぜ。なにかおかしなところはないのか」

うーむ、と長煙管におつねが刻みを詰めた。すかさず煙草盆の火種を差し出すと、

「ほう、独楽鼠も気が利くじゃないか。うちの二階廻しを二人辞めさせて精太郎と亮吉を格上げにするかねえ」

としわがれ声で褒めた。

「おかしいといえば、精太郎は懐《ふところ》に持っているんだよ」

「えっ、匕首《あいくち》でも呑んでいるのか」

「馬鹿、それでよく金座裏の手先が務まるね。親分に恥を掻かせるんじゃないよ。懐に自分でこさえた小さな帳面を持っていてね、時折何事か書き留めているんだよ。それで精太郎、なんのための帳面だいと聞いたことがある」

「そしたら」

「御用を忘れないように留書きですと答えやがった」

「えらいね。さすがに伊勢元の十二代目になる若旦那だ」

「おまえは底なしの阿呆《あほう》かえ。あいつは一度用事を命じられたら、二度目からはちゃんと遣りこなすんだよ。覚え帳なんぞ要《い》らないんだ、おまえと違って頭に覚えさせるんだよ」

「とばっちりがこっちにきやがった」

と亮吉はぼやいた。

「秘密があるとすると、遣手のおつねさんも知らない懐の帳面か」

「独楽鼠、吉原の遣手を甘くみるんじゃないよ。人間というものは、一日じゅう秘密を抱いて生きていけるもんじゃないよ。湯に入るときにはだれしも裸にならあ」

「なにっ、角海老では湯殿で調べを致すのかえ」

「楼ならばどこでもやっていることだ。湯につかるとだれでもが、気を抜くからね。花魁の心持ちを知るには湯屋で裸になっているのを検《しら》べるのが一番だよ」

「花魁ばかりか、男衆も調べるか」

「必要とあらば旦那の許しを得て調べるさ」

「で、帳面になにが書いてあったんだい」

「走り書きでね、たしかに命じられた用事の内容とどうすればその御用がうまくいくか、そんなことが書いてあった」

「他には」

「符丁のようなものから、古着のような絵とかね。ともかくそんなことしか書いてなかったよ」

ふうっ
と亮吉が息を吐いた。

「こいつはいつもと勝手が違うぜ」

「いかにも私らも精太郎がなにを考えているか、いささか困っているところさ。なにしろ開闢以来の富沢町の古着問屋だよ。呉服町の新物の呉服問屋より大商いの大店だ、分限者《ぶげんしゃ》の若旦那にいつまでも男衆の真似事をさせておくわけにはいかないよ」

「だろうな」

「独楽鼠、精々頭を働かせて、精太郎がなにを考えて角海老に潜りこんだか突き止めな」

「おつね姐さん、合点承知だ」

と受けた亮吉が、

「ところで姐さん、伏見太夫の座敷に用事なんぞないかね」

「なにしようてんだ」

「だから、間近で花魁の顔を拝みにいくんだよ」

「馬鹿野郎、独楽鼠は古着問屋の若旦那とは比較にならない、げすったれだねぇ」

と一喝された。

四

亮吉と精太郎は角海老の裏庭でせっせと痰壺《たんつぼ》の手入れをしていた。

角海老の厠《かわや》から集められた痰壺だ。七つもあった。陶器で造られた容器を水洗いして、きれいに磨き上げる作業の手本を最初精太郎がやってみせた。

「えっ、こいつを手できれいにするのかい」

亮吉が怯《おび》えた声を上げた。

「新入り、吉原ってところは一夜の夢を売るところですよ。それだけに厠や痰壺や煙草盆が汚れていては客の興が一瞬にして覚めてしまい、里心がつきます。だから、丁寧の上にも丁寧に手入れをしておくんですよ」

「おりゃ、そんなことは構やしないがね」

「新入り、おまえさんは大見世の客じゃないね、羅生門《らしょうもん》河岸が似合いだね。どうして角海老なんぞに上がったか、訝しいよ」

と精太郎が亮吉を睨んだ。

「大見世だろうと局《つぼね》見世の女郎だろうと惚れてしまえば周りは見えないぜ」

「新入り、人の心が分かってないね。いいですか、伏見太夫が夜中に小便に起きた客をわざわざ厠の前まで案内していくのは、どうしてか分かりますか」

「そりゃ、角海老の二階は広いや、帰りに迷わないようにだろうが」

「馬鹿」

と精太郎が亮吉を一喝した。

「厠でさ、独りになったとき、客ってのは、つい家のことや店のことや上《かみ》さんのことを思い出すんですよ。そんな里心をもう一度花魁のところに引き戻し、閨に戻って夢の続きを見させる手《て》練《れん》手《て》管《くだ》の一つとして、厠の前で待ち受けるんですよ。こうして客に里心を起こさせないように、気持ちが冷めないように色里へと引きつけておくためですよ」

「へえ、そんなものかえ」

と感心した亮吉が、

「聞いていいかえ、精太郎さんよ」

と問いかけた。

「なんですね。話は聞きますが手を休めてはいけませんよ」

「おまえさん、富沢町の古着問屋の老舗の若旦那だってね。痰壺磨くより伏見太夫の床でのうのうとしているほうが似合いと思うがね」

「どうして私のことを知りなさった」

「どうしてたって、皆が噂《うわさ》をしていらあ」

「それはおかしゅうございますね」

「おかしいってなんだい」

「たしかに私は富沢町の伊勢元の倅ですよ、この角海老には番頭に連れられて登楼したこともたしかです。居残りを願ったのは私からですが、このことは楼の主《あるじ》の夫婦と番頭の種五郎さんに願って、口止めしてございます。それをなぜおまえさんが承知なんです」

「若旦那が伏見太夫と一夜を過ごしたことは角海老じゅうが承知のことだ。楼主夫婦や番頭を口止めしてもそりゃ無理だ」

「おまえさん、大店がどんなものか承知ではございませんね。大店になればなるほど信用第一、奉公人の上から下まで主の命《めい》は絶対に守られるところなんですよ」

「そりゃ、若旦那は口さがない人間の本性を知りなさらないからそう言うんだよ。奉公人なんて、主の前と陰ではまるで人が違うものだぜ」

亮吉も言い張った。

「おかしい」

と呟いた精太郎が亮吉を睨んだがすぐに痰壺の手入れに戻った。しばらく黙って作業を続けていた精太郎が、

「思い出した」

「思い出したって、なにをだ」

「独楽鼠の正体ですよ。たしか金座裏に、金流しの十手《じって》の親分の下にそんな異名の手先がおりましたね、亮吉さん」

「ふへい」

と奇妙な声を亮吉は上げた。

「これで互いに正体が知れたってわけだ」

「そうか、うちの親か番頭が金座裏に願って、私の魂胆を探ってくれかなんか頼まれた結果、おまえさんが居残りの志願をしなさったというわけですか。どうりで角海老

の客にしては、安っぽいと思ってましたよ」

「おれもさ、こんな大楼に上がったのは始めてだ。まごついたぜ」

「でしょうね」

亮吉が正直に答え、精太郎が笑った。

「いやさ、おれがまごついたのは角海老のこっちゃあねえ。おまえさんの誠心誠意の働きっぷりだ。なんで大店の若旦那がここまで人が嫌がることをやりなさるか。それにはなんか理由《わけ》がなきゃならねえ」

「推察つきましたか」

「それがまるで見当もつかねえ。若旦那、お手上げだ」

亮吉の腹を割った返答に精太郎がにっこりと笑った。

「亮吉さん、これでね、老舗の後継者も楽ではないんですよ。あれこれと考えましてね」

と答えた精太郎が、

「亮吉さん、今しばらく布団部屋の居残り二人を続けませんか」

「おまえさんの用事は未だ終わってねえってわけだ」

「いえね、思案が未だまとまりませんので」

「どれくらいかかりそうだえ」

「二、三日で終わるか、何ヵ月もかかるか」

「やめてくんな。精太郎さんにだって、可愛いおふゆさんが祝言を待ち望んでおられるそうじゃないか。吉原に何ヵ月も居続けとなると世間体も悪い、いくら相思相愛だっておふゆさんから愛想を尽かされるぜ」

にたり、と笑った精太郎が、

「おふゆはそんな女じゃございません。よしんば私の行動がいかがわしいというてそっぽを向くようならばそれまでの縁ということです」

と大胆にも言い切った。

亮吉はうらなりの精太郎が腹の据わった、ずぶとい神経の持ち主であることに感心した。そして、吉原に籠ったのにはやはり相当の理由があるのだと改めて思い知らされた。

「まさか吉原を禅寺修行の場に見立てたというわけじゃないよな」

「それならば、亮吉さんは尻を捲《まく》って金座裏に戻られますか」

「おれも金流しの九代目宗五郎の子分だ、ここで尻を捲ったとあっちゃ親分に申し訳ねえ。精太郎さん、おまえさんに最後まで食らいつくぜ」

「ならば、ほれほれ、手が止まってますよ」

と笑って注意した精太郎が、

「宗五郎親分は、いやさ、若親分の政次さんなら私の魂胆なんかお見通しでしょうね」

亮吉をわざと挑発するように言った。

「よし、政次若親分の名を出されては引くに引けねえや。おれたち、同じ長屋に育った兄弟同然の仲だからな」

「氏《うじ》も育ちも一緒で出来がこうも違いますか。松坂屋《まつざかや》の手代さんから金座裏に鞍替《くらが》えした政次さんは売り出しの若親分、亮吉さんは」

「その先を言っちゃあならないぜ。なんとしてもおめえからぎゃふんと一本とりてえぜ」

亮吉は本気を出した。

お互いが正体を知りあった日からまた数日が何事もなく過ぎた。

陰暦九月の九日、菊の節句だ。

吉原の遊女はこの日から冬の衣装に替えた。前日の八日を菊の被綿《きせわた》といい、長寿の霊薬として菊の露を大事にとって、呑んだりした。

そんな様子を精太郎は殊更《ことさら》に興味深く帳面に写しとり、なにか覚え書きを記していた。身分が知れた亮吉は布団部屋の机で覚え書きを整理する精太郎の手元を堂々と覗きこんだが、判じもののようでさっぱり見当もつかなかった。

「分からねえ」

「そうそうに分かってたまるものですか」

と笑った精太郎が濡《ぬ》れた筆跡を、ふうふうと息を吹きかけて乾かし、ぱたりと帳面を閉じた。

吉原の遊女が本式に目覚めるのは巳《み》の刻（午前十時から十一時）の頃合いだ。この遊里特有の引け四つ（午後十時）の拍子木を合図に床入りした遊女らは客を七つ（午前四時）には起こして、楼の玄関に、大事な客となると大門前まで見送った。

これを後朝《きぬぎぬ》の別れと称した。

そのあと今一度床に戻り、短い時間ながら独りだけで熟睡した。二度寝から覚めた遊女がまず最初にすることは、湯に入り、昨夜の汚れを洗い流すことだ。

大楼や大籬になれば内湯があった。だが、小見世や中見世では廓内の銭湯を利用した。

吉原の湯屋では夜五つ（午後八時）の刻限に火を落とした。だが、朝は早くから暖《の》簾《れん》が上がって客を迎えた。

この朝、楼の外の掃き掃除を終えた精太郎と亮吉は、揚屋町裏の銭湯に出かけた。男湯には楼の内湯を嫌った居続け客が一人いて、なんとなく気だるそうに朝湯を楽しんでいた。

二人は上がり湯を使った後、熱めの湯にゆっくりと身を浸した。

「ふうっ」

と口をすぼめて息を吐いた亮吉に澄まし顔の精太郎が、

「亮吉さん、里心がついたんじゃありませんか」

と聞いた。

「里心たっておれにゃおふゆさんみたいに、待ってくれる女はいねえや。だが、正直金座裏が恋しいぜ」

「もう少しの辛抱ですよ」

精太郎が他人事《ひとごと》のように言った。

「そうか、もう少しか。座敷に大火鉢が出される前に吉原を出られるかね」

陰暦十月になると座敷に大火鉢が持ち出される。

「亮吉さん、吉原の居残りは苦しいですか」

「伝馬《てんま》町の牢屋敷じゃあ、半日でも早く出たいと思う人間ばかりだよ。反対に吉原は生涯居続けが出来れば本望と思ったがさ、こんな気持ちになるとは考えもしなかったぜ」

「なぜでしょうね」

と精太郎が平然とした顔で聞いた。

「精太郎さん、考えてもみねえ。座敷に上がる客には極楽さ。だが、花畑の真ん中にいながら、花を手折《たお》るどころか近くで見てもならない男衆の暮らしは地獄と思わないか」

「亮吉さんには未だ下心があるからですよ」

「精太郎さんにはないのかい」

「そりゃ、なくはありません。だけどそんなことではこの遊里に居残りする意味がなくなりますからね」

「へーえ、そうかね。おれなんぞ吉原に居ながらにして花魁の化粧っけを嗅《か》ぐほど近くまで寄ったこともねえや。これなら冷やかしで歩く客のほうがなんぼかましだぜ」

と亮吉がぼやき、精太郎が笑った。

「亮吉さん、この遊里で一つだけ好きなことをしていいと楼主からお許しが出たら、なにをしますね」

「おれか、伏見太夫の温《ぬく》もりが残る床にもぐずり込んで、たっぷりと芳《かぐわ》しい匂いを嗅いでみたいな」

「当の伏見太夫はいらないのですか」

「おれだって、分《ぶん》ってものを心得ていますよ。御用聞きの手先が松の位の太夫と一緒の床に入れるわけもねえや。太夫の残り香の漂う床がせいぜいおれの夢の果てだ。きっと伏見さんの裸なんぞみたら卒倒するな。おれは」

「亮吉さんは素直ですね」

　精太郎が笑った。

　二人が角海老に戻った刻限、楼に朝湯触れの声が響いていた。

楼では居続け客をまず入湯させた。

　そんな雰囲気の中、精太郎と亮吉は男衆の命ずるままに独楽鼠のように走り回って御用を勤めた。

　そして、五つ半の頃合い、台所の土間で立って朝餉《あさげ》を搔きこんだ。

　角海老の大広間に猫足膳や飯台《はんだい》が並べられて新造や禿《かむろ》が眠い目をこすりながら、盛り切りの飯を汁と香のもので食べていた。

部屋持ちの遊女になると自分の部屋で三度三度の食事を摂ることができたし、菜もあれこれと用意されていた。だが、まだ駆け出しの新造や禿は、質素なまかない飯だった。まして男衆を志願しての居残りでは丼に汁をぶっかけて掻き込むのが精々だ。

それでも食事の時は至福だった。

この朝、二人が食事を終えた刻限、番頭新造の一《いち》の字《じ》が精太郎と亮吉を呼んだ。番頭新造は盛りを過ぎた女郎のことだ。太夫についてあれこれと気配り、心配りをする務めだ。

「へえ、一の字さん、御用はなんでございますな」

「湯殿《ゆどの》にいけば分かるよ」

と一の字が口をへの字に曲げて皮肉な笑いを浮かべた。

「釜場にござんすね」

と亮吉が問い返した。

「だれが釜場といったえ、湯殿だよ。今朝は風呂番の季助《きすけ》が腹を壊して寝込んでんだよ」

と一の字に叱られた二人は内湯にすっ飛んでいった。

吉原の風呂番は、居続けの客の求めに応じて背中を流し、肩を揉んで一朱の祝儀を得た。また忙しい時には二階廻しに早変わりして酒盃や料理を運ぶ台廻しにもなった。

角海老の内湯から女の声が聞こえてきた。

「おい、精太郎さん、客じゃねえや。女郎衆の湯の刻限だよ」

「それがどうしました」

「どうしましたって、女郎衆の入っている湯におれたちが顔出しできめえ」

「亮吉さん、吉原の男衆は人間ではありません。世俗の煩悩は捨てて下さい」

とぴしゃりと命じた。

中庭に面した内湯の廊下に禿が待っていた。

「花蕾《はなつぼみ》さん、てまえども一の字さんの命で参りました」

「中で太夫がお待ちです」

花蕾が戸を開いた。すると肩から江戸小紋を滑らせた伏見が二人を振り返った。裸の背に新造の花椿《はなつばき》が浴衣《ゆかた》を着せかけた。

亮吉の目に白い裸身がちらついて頭の中がかあっと熱くなった。

「太夫、私どもを呼ばれましたか」

「伊勢元の若旦那、いかにもわちきが呼びんした。湯に入ります、手伝いを願います」

畏まりました、と精太郎が平静な声音《こわね》で答え、背から滑り落ちた江戸小紋をさっと拾い上げて、畳み始めた。

亮吉は菜の花を大胆にあしらった浴衣の下の裸身を想像して胸がどきどきした。

「亮吉さん、先に上がり湯を仕度して下さいな」

と精太郎が命じる声が遠くからして、気を失いかけた。

（しっかりしろ、亮吉。金座裏の親分の顔に泥を塗る気か）

己に必死で言い聞かせ、洗い場の板戸を開くと、何人もの裸の遊女衆が視界に飛び込んできて立ち竦んだ。それでもなるべく視線を床に落として上がり湯のところへ向かった。すると体がふらついて振袖《ふりそで》新造の澄之江《すみのえ》とぶつかった。

「しっかりしなよ、腰がふらついているよ、男衆。何年吉原の飯を食べているんだい」

「へっ、へい、つい数日前に御用を仰《おお》せつかりました新米にございまして、相すみません」

詫びて伏見の桶《おけ》に上がり湯を汲《く》んで持ち上げた。そこへ真っ裸の伏見が、

「わちきの湯にござんすか」

と亮吉に声をかけ、片膝を立てた。

その瞬間、亮吉は思わず白い裸身の黒い秘部に目をやって、

（観音菩薩《かんのんぼさつ》だ）

と思った。だが、その直後に亮吉は上がり湯の桶を抱えたまま、洗い場の真ん中に大の字に倒れ込んでいた。


亮吉は額に濡れ手拭いをあてられ、その冷たさに意識を取り戻した。

「あい、すみません、太夫。ただ今、上がり湯を汲み直します」

と言い訳しながら額の手拭いを取り、風呂場じゃないことに気付いた。

どうやら風呂場からどこかへ移されたらしい。

女郎さんの座敷に寝かせられているぞ。それも端《はし》女郎の座敷ではない、と悟った。

座敷も立派なら調度も名人上手という職人が設えたものだった。

（おりゃ、風呂で女の裸にのぼせて頓死《とんし》したか）

と茫然《ぼうぜん》として片手で頬《ほお》を抓《つね》った。

「あ、い、痛てえ」

亮吉が床に起き上がると、なんと伏見太夫が文机《ふづくえ》から振り向いて、

「気が付きなされたか」

と亮吉を見た。花魁言葉ではなかった。

「た、太夫」

亮吉は慌てて絹の夜具から飛び降りた。

「迷惑かけて申し訳ねえ。いや、なんと詫びていいか知らねえ」

「私の裸に目が眩《くら》みなさんしたか」

「太夫、正直そのとおりだ」

「金座裏の手先さんは純情にありんすわいな」

とまた廓言葉で笑った。

「えっ、おれの身許《みもと》も割れちまったか」

「そう、知れました。それにおまえ様の朋輩《ほうばい》の精太郎さんは居残りを止《や》めてお店に戻られました」

「なんてこった。おりゃ、吉原に恥を搔きにきたのか」

亮吉は畳に胡坐を搔いて茫然自失した。

「亮吉さん、おまえさんは立派に役目を果たされました。精太郎さんがお店に戻られたのですからね」

「わっしは気を失っただけですぜ、太夫」

「それでよいのです」

伏見が文机で書いていた巻紙の一端に口をあてて濡らし、切り取ると折り畳んで封書にした。

「仔細《しさい》はこの文に書いてござんす。金流しの親分さんに渡してくんなまし」

「太夫、情けねえ。おりゃ、役立たずだ」

と亮吉が自嘲した。

「亮吉さん、わちきは床入りしても肌に触れない男《おのこ》より亮吉さんのように、わちきの裸に目を廻すようなお人が好きでありんす。胸中に魂胆がござんせんゆえな」

と伏見が亮吉に手紙を渡すと、そおっと亮吉の手を白い手で触れた。

亮吉は雷にでも打たれた気分で蹌踉《そうろう》と立ち上がった。

第二話　八丁堀の火事

一

宗五郎《そうごろう》は角海老《かどえび》の伏見太夫《ふしみだゆう》からの文《ふみ》を読むと、

「さすがに松の位の太夫まで上り詰めたお方は思慮が深いし、心が広いぜ。亮吉《りょうきち》、おまえがどう足搔《あが》いてもどうにもならなかったか」

と微笑《ほほえ》んだ。

言葉とは異なり、親分の機嫌は悪くない。いや、それどころか上機嫌で煙管《キセル》の吸い口に紙縒《こよ》りを突っ込み、鼻歌で掃除を始めた。宗五郎は煙管の掃除は自ら行った。そんなときは、機嫌がいいことを子分たちは承知していた。

二十日ぶりに亮吉が金座裏《きんざうら》に戻ったというので、その場には若親分の政次《せいじ》以下、八《や》百亀《おかめ》ら手先たちが顔を揃《そろ》えていた。

「親分、この話は解決ですかえ」

手先を代表して八百亀が聞いた。

「若旦那の精太郎《せいたろう》は富沢町のお店《たな》に戻ったんだ。これで伊勢元《いせもと》のうちへの頼みは消えたわけだ。となりゃ、亮吉は見事にお役に立ったってわけだ」

「精太郎の居残りの真の理由は分からないままですかえ」

「その答えが出るとしたら数ヵ月後か半年後と伏見太夫は言うんだがな。そいつを待つしか八百亀、手はなかろうじゃないか」

「ほう、半年後ね」

親分と掛け合っていた八百亀が亮吉をじろりと睨《にら》んだ。

久方《いぶか》ぶりに金座裏に戻ったにしては、内偵の復命をする亮吉があまりにも大人しすぎて訝しく感じられたからだ。

「親分、独楽鼠《こまねずみ》の元気がねえように思えるのですがね、奇妙じゃあございませんか。吉原でなんぞしくじりをやらかしたんでございましょうかね。伏見太夫の文に書いてございませんか」

「亮吉についちゃあ、いささか調子者だがさっぱりとした江戸っ子らしい気性の若い衆、さすがに金座裏には松坂屋《まつざかや》の手代《てだい》から鞍替《くらが》えした若親分やら亮吉やら、いろいろと取り揃えてあると遠回しに褒めてあったたな」

宗五郎が他人事《ひとごと》のように答え、

「親分、それにしては亮吉、借りてきた猫みてえに大人し過ぎませんかね」

と八百亀が首を傾《かし》げた。

「吉原ってとこは、お調子者が大人しくなるところかねえ」

「さあてな、吉原って御免色里はなんたって女郎が表の顔だ。客で居続けしたわけではなし、男衆もどきの二十日を過ごした亮吉だ、人間が磨かれたんじゃないか」

とさらに八百亀に応じた宗五郎が、

「亮吉、ご苦労だったな。どうだったえ、吉原の大楼にもぐずり込んだ感想は」

「へえっ、精太郎に追い回されて楼の痰壺《たんつぼ》から煙草《タバコ》盆、厠《かわや》から内湯の掃除と朝から晩まで休みなしにこき使われました」

と洩《も》らした。それにしてもいつもの大仰《おおぎょう》な亮吉ではなかった。

「なんだって、精太郎が居残りの先輩面《づら》しておめえを使い回したか。さすがに生まれついての若旦那、人を使うことに慣れていやがるな」

「そうじゃねえんで、八百亀の兄い」

「そうじゃねえって、どういうことだ」

八百亀がさらに追及しようというところにおみつやしほが燗《かん》のついた徳利を盆に林

立させて親分の居間に運んできた。

「お待ちどお様、亮吉が久しぶりに金座裏に戻ってきたんだ。吉原の酒もいいが、うちの酒も悪くはなかろうじゃないか」

おみつが言うのを聞いた亮吉の両眼《め》が急に潤み、涙がこんもりと浮かんでぼたぼたと涙を流し始めた。

「ど、どうしたんだ、亮吉」

だんご屋の三喜松《みきまつ》が慌てた。

「おまえ、吉原で体を壊したんじゃないかえ。熱があるんじゃないか、どこか加減でも悪くないか」

おみつまで亮吉の涙を見て狼狽《ろうばい》した。

「姐《あね》さん、三喜松の兄い、そうじゃねえよ」

「そうじゃないってどうなんだ。じれったいね、仔細《しさい》が分からないよ」

「吉原は地獄だぜ。酒を呑《の》むどころじゃねえや、どぶ鼠のように廊下の端を走り回って、番頭新造に怒鳴られながら、他人様《ひとさま》の厭《いや》がる御用を勤めていただけだ」

「あれまあ、吉原の居続けは、おまえにとって夢だったんだろ。勘違いだったのかい」

「勘違いもあるかもしれねえがな、精太郎って若旦那、なかなかのタマだぜ。あいつ、生まれついての居残りのようにどんな用事もふたつ返事で引き受けて走り回りやがる、その素早いことといったらありゃしねえ。それでいて指の先ほども大店の跡継ぎなんて面はしねえ。吉原の男衆になりきってさ、客のどんな嫌がらせにもへらへらと伺《うかが》ってやがる、おれにはとても真似《まね》ができねえ。だがよ、あいつはおれにも吉原の居残りなんて人間以下だ、花魁《おいらん》衆や客のいうことなら、尻の穴に花火を差し込まれても、喜んでお受けするのが務めだと言うんだ。わずかばかりの寝る時間以外、あいつもおれも一瞬だって休むことはねえんだよ。それでいてあいつは平然としていやがる。この違いはなんなんだ」

「亮吉、精太郎は真からの馬鹿か、馬鹿の真似をしているか、どっちだえ」

と宗五郎が亮吉に聞いた。

「親分、なんぞ曰《いわ》くがあって精太郎は、幇間《ほうかん》以下の下働きをしていたっていうのか」

「人間、時に自らの出を捨てて、他人様が蔑《さげす》む仕事に就こうって思うこともないわけじゃああるまい」

「精太郎は富沢町に戻ったぜ」

「そこだ。一月《ひとつき》半ばかりの間、馬鹿のふりをしていただけだ」

「なんでそんなことするんだろ」

と伝次《でんじ》が呟《つぶや》いた。

「だから、伝次、伏見太夫が見破られたようにさ、数カ月後には精太郎が吉原で居残りをした理由が分かるって寸法だ」

八百亀が伝次の呟きに応じた。

「つまり亮吉兄さんは、吉原に痰壺磨きに行ったわけだな」

「馬鹿野郎」

と伝次を叱《しか》ったおみつが、

「亮吉、おまえはね、いい経験をしてきたよ」

と亮吉を褒めた。

「姐さん、いい経験だなんて他人様が嫌がることばかりしてきたんだぜ」

「そこだ。痰壺から厠の掃除、だれだってやりたくないものさ。真の理由は知らないけどさ、それを伊勢元の跡継ぎが率先してやりなさる。そして、おまえにも要求する。精太郎って人はただの若旦那じゃないよ」

おみつが無暗《むやみ》やたらと感心した。

「彦四郎の禅寺修行を聞いたときにゃあ、おれは御免と思ったさ。ところがこの世の中には禅修行よりつらい奉公があったんだね。おりゃ、吉原の見方が変わったぜ。姐さん、高嶺《たかね》の花の花魁衆と同じ屋根の下で暮らしてながら、花魁の顔さえまともに見られねえんだぜ」

「兄さん、顔には二つ目玉があるんだぜ、盗み見でもなんでも見りゃいいじゃないか」

と波太郎《なみたろう》が言った。すると亮吉が悲しげな眼差《まなざ》しで年下の手先を見ると、

「波太郎、おめえ、世の中がどんな仕組みか、なにも分かっちゃいねえな」

と呟くように言った。

「いつもの独楽鼠と違うよ、姐さんじゃねえが、やっぱり熱でもあるんじゃないか」

金座裏では八百亀に続く兄貴株の稲荷《いなり》の正太《しょうた》が首を捻った。

「それにしても精太郎はなにを考えて一月余りも角海老の居残りを志願したんだか。居続けと居残り、二字違いだが極楽と地獄だぜ」

と八百亀の疑問はそこに戻り、

「若親分、精太郎が親分や若親分なら分かってくれるだろうと亮吉に言ったというが絵解きしてくんな」

と願った。

「八百亀の兄さん、私だってそう簡単に分かりませんよ。ただね、大店の跡継ぎが短い間にしろ、そこまでして吉原に身を沈めたことには大いに関心がありますよ」

「親分、太夫の文にも書いてねえと言いなさったね」

「八百亀、伏見はおぼろに察しているのかもしれないが、文には今後の精太郎の行動を興味深く見守るだけだとあったよ。そして、最後に精太郎に、『そろそろお店に戻りなさんせ』と勧めたのはわちきだと記してあったがな」

「ほう、太夫がね。ということは亮吉、おめえも一緒に太夫から引導を渡されたか」

「いえ、それが」

「どうしたえ、歯切れが悪いじゃないか」

　と八百亀が追及した。

「ささっ、皆さん、吉原の話で盛り上がるのもいいけど、折角《せっかく》の燗が冷めますよ」

　しほに注意された一同の間に燗徳利が廻《まわ》され、盃《さかずき》が配られるところに玄関からぷーんと田楽《でんがく》の香ばしい匂《にお》いがしてきて、豊島屋《としまや》の隠居の清蔵《せいぞう》が、

「亮吉が久しぶりで吉原から戻ったんですってねえ」

　という声がして、鍋に入れた田楽を抱えた庄太《しょうた》と一緒に座敷に姿を見せた。

「おや、よほど花魁に可愛《かわい》がられたとみえて、亮吉の頬《ほお》がこけて目が窪《くぼ》んでますよ。

親分、こりゃ、当分、使い物にならないよ」

と清蔵が早飲み込みで言った。

「ご隠居、それが違うので」

「ちがうとはどういうことですね」

それがさ、と前置きした宗五郎が自らの考えを整理するように清蔵に亮吉の吉原居残り話を告げた。

話を聞き終わった清蔵も全くあてが違ったか、しばらく考え込んでいた。

「親分に言うこともないが、富沢町の古着問屋伊勢元といえば、古着問屋でも三指には入ろうという大店ですよ。その跡継ぎが短い間とはいえ、よくもまあ身を落とせるものかねえ」

と腕組みして考え込んだ。

江戸期を通じて、古着は新物の呉服店以上の売り上げがある商いだった。だが、だれもが直《す》ぐになれる商売ではない。

万治《まんじ》二年（一六五九）最初に江戸町奉行所の支配下に古着商の鑑札制度が始まった。

リサイクル精神が定着した江戸社会にあって、衣類夜具などはとことん利用されたために古着商はなかなかの繁盛を見せた。

享保《きょうほう》八年（一七二三）、幕府は質屋、古着屋、古着買、古道具屋、唐物《からもの》屋、小道具屋、古鉄屋、古鉄買の、いわゆる
「八品商売人」

にそれぞれ組合をつくらせて監督を強化した。新物と違い、このような古物売買には曰くつきの情報が付いて回ったからだ。

この折り、古着組合は百十組を数え、その下に千百八十二人の古着商があったとか。また関連商いとして古着仕立屋が十七組二百人、古着買が百三十組千四百七人、古着仲買が二十組二百三十八人いた。

これらの商いの大半が富沢町に集中していて、富沢町の名主《なぬし》の一人の伊勢元の商いは常に三指に入っていたから売り上げも莫大《ばくだい》だった。

酒が回り、田楽を食して一座の者の気持ちも解《ほぐ》れていった。

「伊勢元の身代《しんだい》を継ぐのが精太郎さんだがね、伊勢元の金蔵には千両箱が山積みになっているそうな。精太郎さんなんぞは幼い頃から千両箱をおもちゃ代わりにしてきた若旦那ですよ。それが吉原の居残りをかりにも一月やり通せるなんて、並みのこっちゃございませんよ」

「い、隠居、千両箱をおもちゃ代わりだなんて、どんな気持ちだね」

だんご屋の三喜松が清蔵に聞いた。

「私だって千両箱くらい見たことはございますよ。ですが、おもちゃ代わりに遊ぶ分《ぶ》限者《げんしゃ》ではありませんでな、気持ちなんぞ察することもできません」

と清蔵が顔を横に振った。

「ちょっと待った、隠居」

と少しばかり元気を取り戻したか、亮吉が清蔵に言った。

「あいつ、ほんとうにそんな分限者の跡継ぎかえ」

「おまえ、布団部屋に二十日も一緒にいたんだろ」

と八百亀が盃を手に口を挟んだ。

「あのうらなりが伊勢元の跡継ぎってのも頭では承知だ。だが、到底千両箱をおもちゃ代わりにして遊んできた跡継ぎとは思えないんだ。吉原の客の中には大見世《おおみせ》になればなるほど嫌みの客がいるってことが分かったぜ。おれたちが廊下に這《は》いつくばって御用を聞こうとすると、何枚も重ねた夜具の中から顔を出して、おれたちをまるで皮膚病を患《わずら》った野良犬でも見るような目で見て、ましな男衆を代わりに寄こせと邪険に追い払う客もいる。こんな客はまだ許せる、中には小判で膨らんだ印伝《いんでん》の財布をちらりとこちらにみせてよ、巾着《きんちゃく》から一文銭を出して投げてよこす者もいやがる。おりゃ、最初のとき、受け取らないで引き下がろうとしたら、傍《かたわ》らから精太郎がさっと、おありがとうございますと両手で拾い、米搗《こめつ》きばったのように頭をこすりつけて、引き下がってきやがった。その後、おれは布団部屋で精太郎にこっぴどく叱られたよ。一文でも銭は銭、私たちが受け取らないんじゃ客の面子《メンツ》をつぶし、ひいては花魁に恥を掻かせることになるんだ。その道理が分からない奴は居残りなんぞになれないってね」

「ほう、千両箱をおもちゃにしてきた跡取りが一文を伏し拝んで頂戴《ちょうだい》しなさったか。親分さん、伊勢元の若旦那、ただ者じゃないよ」

「最前から精太郎の話でございましてね、堂々巡りをしていますのさ」

「こいつはちょいとした曰くがなけりゃなりませんよ。伊勢元にはわたしの方で手づるがないわけではなし、ちょいと内証を探ってみましょうかね」

「そいつは助かる。ただし、この話、奉行所やわっしらが絡む話ではございますまい。ご隠居にぬかりはございますまいが、くれぐれもその辺のところを宜《よろ》しく願います」

「万事、請け合いました」

と豊島屋の清蔵が胸を叩いた。

「亮吉、ともかくさ、おまえさんの苦労はよう分かったよ。今日はうちの田楽を食って金座裏の酒に酔いなされ」

「隠居がいつになく優しい言葉だと却《かえ》ってよ、おりゃ、吉原になにをしにいったんだか分からなくなってよ、悲しくなるぜ」

「そう言われれば亮吉はなにしにいったんだ」

と三喜松も首を捻《ひね》った。

「精太郎さんを無事富沢町に戻すために魂胆を探りにいったんですよ、だから、精太郎さんがお店に戻った今、亮吉は親分が命じられた役目をちゃんと果たしたことになります」

と政次が亮吉を庇《かば》うように言った。

「その上、吉原で禅修行以上の厳しい修行をしてきたんだ、亮吉は役目以上のことを果たしたともいえませんかえ、親分」

と八百亀がこの話を締め括《くく》ろうとした。

「違いねえ。こんな苦労はなかなかできるこっちゃねえ」

「亮吉、よかったよ」

と親分夫婦が亮吉を慰めた。

「ところがおれはどうしてもそんな気にならないんだよ、姐さん」

釈然としない顔で亮吉が答えて、手酌で徳利の酒を注《つ》いだ。

「伊勢元の若旦那は一月半、亮吉さんは二十日余り、吉原に居残りしたけど、大門を出たのは二人して一緒なのね」

空の徳利を集めながらしほが何気なく聞いた。

「いや、別々に出たよ」

「なぜだ。おまえら、二人して一緒に伏見太夫から居残りの引導を渡されたんだろ」

と常丸《つねまる》が念を押した。

「兄さん、しほちゃん、その理由を聞きたいか」

「なんだ、改まったじゃないか」

常丸の言葉に亮吉が、

ふうっ

と大きな溜息《ためいき》を吐《つ》いた。

「怪しいぜ、いつもの亮吉と同じ様子になりやがったぜ。隠し事があるならば今の内だぜ。他人の口を通すと話が大きくならあ」

と八百亀が催促した。

「くそっ」

と罵《ののし》り声を上げた亮吉が、

「おれと精太郎は、今朝方よ、角海老の内湯に呼ばれて伏見太夫の三助《さんすけ》を命じられたんだよ」

と叫ぶようにいった。

「なんだって。天下の花魁伏見太夫の三助だって。そんなことがあるものか」

三喜松の声が裏返っていた。

「それがほんとのことだ」

三喜松らの騒然とした様子を見た亮吉は、反対に落ち着きを取り戻したように湯屋の一件を淡々と告げた。

話が終わってもだれもがその光景が信じられないのか、なにも言わなかった。

時が止まったようでもあった。

「魂消《たまげ》ましたな。亮吉と精太郎の二人が伏見太夫の三助ですと」

とようやく清蔵が呟いた。

「おりゃ、湯殿に入った途端、何人もの女郎の裸見てのぼせあがり、精太郎に、しっかりと御用を勤めないかと叱られて上がり湯を伏見太夫の前にふらふらと運んでいってよ、その途端、伏見太夫が立ち膝《ひざ》したんだ。茂った股《また》ぐらを見た瞬間、意識が遠のいて、気がついたときには精太郎は角海老から追い出され、おりゃ、伏見太夫の座敷の床に寝ていたってわけだ」

「呆《あき》れた」

とおみつが呟き、

「ふっふっふ」

と宗五郎が笑った。

「言わないでいいことまで喋《しゃべ》りやがる。だがな、亮吉の気絶騒ぎがあればこそ、伏見太夫はなにかに気づいて精太郎を吉原から富沢町に戻したんだよ。亮吉は半端仕事に終わったと後悔しているようだが、その騒ぎがあったからこの一件、まずは一旦《いったん》幕を下ろせたんだぜ」

「親分、亮吉は伏見太夫の股ぐらをしげしげと覗《のぞ》き込んで、気を失ったんだぜ。それが物の役に立ったかねえ」

と八百亀が問い返した。それに対して、

「股ぐらをしげしげなんぞ見てねえ」

と亮吉が叫び返した。

「八百亀、おめえの年でも分からないか。人間、年相応に素直が一番だ。吉原なんぞは手錬手管の世界だぜ。松の位まで上りつめた太夫には、精太郎の腹に一物《いちもつ》の魂胆より亮吉の素直が可愛いとさ」

「そうかねえ、そんなものかね」

「だからこそ、伏見太夫は自分の座敷の重ね布団に亮吉を運ばせたと思うがねえ」

「ふーん、今度の一件はおれの分からないことばかりだ。千両箱をおもちゃにする人間がいてさ、天下の伏見太夫が亮吉のあほさ加減に同情したのか、てめえの夜具の中に寝させたそうな。世の中にゃあ、そのためなら千両箱の一つや二つという金持ちもいようじゃないか。それがいつもすかんぴんの亮吉が千両万両の夢を見てきたというのだから、世の中、分からねえ」

「八百亀の兄さん、夢じゃねえぜ。おれはたしかに湯殿で気を失い、太夫の寝床で目を覚ましたんだからな」

と亮吉が妙に力を入れて威張ってみせた。

「亮吉め、伏見の裸を見て気を失い、男を下げた。一方で太夫の布団に寝かせられてよ、男なら一度は思い描く夢を体験してきたんだ、こいつを幸せの極《きわみ》とみるか、おれにはわからないよ」

と八百亀が最後の最後まで頭を捻った。

「いいか、この吉原の話、外でしちゃあならねい。もしそんな野郎がいたら金座裏から追い出す」

　宗五郎が厳命してこの一件は一応の決着を見た。

二

　豊島屋の清蔵と庄太が金座裏で夕餉《ゆうげ》を馳走《ちそう》になり、それを見送りがてら政次、しほの夫婦、亮吉ら若い住み込みの連中が豊島屋に顔出しした。

　おみつが若夫婦に気を利かせたこともあってのことだ。

　亮吉は無性に彦四郎《ひこしろう》に会いたいと思っていたから、おみつの配慮が嬉《うれ》しかった。

「姐さん、ちょいと豊島屋さんまで行かせてもらいます」

　と挨拶する亮吉におみつが、

「おまえさん、亮吉を吉原に行かせてよかったよ、ちゃんと挨拶ができるようになったよ」

「他人の飯を食って行儀作法を覚えてきやがったか。これから行儀知らずは吉原に奉公に出すか」

「親分、勘弁してくんな。おりゃ、亮吉兄いの二の舞《め》えはご免だ」

「波太郎、その先言っちゃならねえぜ」

と波太郎に注意した常丸らが金座裏から押し出して、龍閑橋《りゅうかん》を賑《にぎ》やかに渡った。

鎌倉河岸《かまくらがし》を初冬の風が緩く吹いていたが、ほろ酔いの連中には寒さは応《こた》えなかった。

「ただ今戻りましたよ」

清蔵を先頭に暖簾《のれん》を分けると、豊島屋の広い土間に客が押し合いへし合いの満員盛況だった。だが、いつも清蔵が定席にする小上がりは障子が閉め立てられていた。

「おや、私がいないほうが、客足はいいようだね」

「隠居の清蔵様、い、今ごろお気づきでござんすか」

お喋り駕籠《かご》屋の弟の繁三《しげぞう》のろれつはすでに回らなかった。

「繁三、私がいないことをよいことに無暗に呑みなさったね」

「ご隠居、今宵《ま》は長年の付けの一部を支払いました」

「とは言っても未だ残っているのに変わりはなかろう。それよりなにより私が小言を言うのは、おまえの体を気遣うからですよ。そんなに酔っちゃあ、明日の仕事にも差し支《つか》えましょう」

「これくらいなんでもございません、ご隠居。一刻も寝れば酒ッけはぱあっと覚めます。へいへい、豊島屋の酒は村醒《むらさ》めにございますからな」

「なんですと。うちの酒は灘《なだ》伏見の下《くだ》り酒、上酒《じょうしゅ》です。そんじょそこらの酒屋の水を混ぜた下等な酒とは断然違います。今後、そのようなことを口にしたら豊島屋には出入りさせませんぞ」

清蔵が本気になって繁三を怒ったが、怒られた当人はよろよろとよろめくと視界に亮吉を捉《とら》え、

「おや、吉原居残りの亮吉様、年季が明けましたかな」

と絡む相手を変えた。

「年季が明けただと、だれに向かってそんなこと抜かしやがる。おれは御用で吉原に詰めていたんだ」

「だってよ、大見世の角海老の布団部屋にいるって聞いたぜ。花魁の座敷に居続けしていたわけではあるめえ」

「うるせえ、こちとら太夫の」

と啖呵《たんか》を切ろうとする亮吉の口を政次が塞《ふさ》いだ。

「親分がなんと申された。吉原のことは御用の筋、当分口外してはならないと命じなされなかったか、亮吉」

「す、すまねえ。つい繁三の口車に乗せられるところだったよ」

と亮吉が政次に詫《わ》びると小上がりに建て回された障子が開いて、彦四郎が顔を出し

た。

「ご隠居が金座裏に顔を出したと聞いたから清蔵さんを送ってよ、今度はこちらに顔を出すと思ったぜ」

「それで小上がりを皆のためにとっておいてくれましたか、気を利かせましたな、彦四郎。私がいないことをよいことに繁三らめ、しこたま飲んですでに仕上がってますよ。ささっ、しほちゃん、若親分、金座裏の面々は、こっちに上がったり上がったり」

と清蔵が定席の上がり框《がまち》から小上がりに這い上がった。

「金座裏で酒と夕餉を馳走になりましたがな、それはそれうちはうち、今宵は亮吉の放免祝いを致しますぞ」

「放免祝いだって、おれなんだか伝馬町の牢屋敷にしゃがんでいたようじゃねえか」

と言いながらも亮吉が小上がりの並べられた飯台の前に落ち着いた。

「庄太、お菊《きく》、こちらに熱燗をね、四、五本願いますよ。田楽はもうようございます、十分に食べましたからね。それより古漬けの大根に茄子《なす》なんぞを糠床《ぬかどこ》から上げて糠をさあっと取ってね、小奇麗に皿に盛って下さいな」

清蔵が注文した。

「亮吉、ずいぶんと痩《や》せたな。苦労したか」

　と飯台を挟んで向かい合って座った彦四郎が亮吉を見てしみじみと言った。

「彦四郎、ここんとこ、おまえもおれも女で苦労してこの様だ。今晩は豊島屋の酒でゲン直ししてよ、明日からせっせと御用を勤めるぜ」

「なんだ、布団部屋で居残りをしていると聞いたが、花魁衆は意外と人使いが荒かったか」

「どこの世界も様々だ。嫌みな番頭新造もいれば、話のわかる太夫もおられたよ」

「そうか、おまえも吉原でそれなりに修行を積んできたか」

「それなりどころじゃねえ、彦四郎の禅修行より厳しかったぜ。修行が足りない修行僧はよ、おりゃ、山寺なんぞに籠《こも》らせないで、吉原に放《ほう》り込んだほうがいいと思うぜ。わずか二万七百坪余りの廓内《くるわうち》に美姫《びき》三千人がいてよ、男を誘惑しようと手薬煉《てぐすね》引いて待ちかまえているんだぜ。ありゃ、煩悩《ぼんのう》の極だ、欲望を煎《せん》じた湯に入っているようなもんだ。その中でいかに泰然《たいぜん》と己を見失わずに修行に没頭できるか、どうだ、いい手と思わないか」

「思う」

　彦四郎があっさりと亮吉の考えに賛意を示した。

「だってよ、禅寺は飲む、打つ、買うの三欲を始め、碁だろうが将棋だろうが釣りだろうが楽しみは一切ねえところだろうが。そんなとこで身を律するのは当然といえば当然、容易《たやす》いことだぜ。そりゃ、亮吉がいうように女護《にょご》ガ島に修行僧を流したほうが、すぐに正体が知れらあ」

「だろう」

「それで亮吉、おめえはどうだったえ」

「おれか」

亮吉の次の言葉を政次たちは気にした。

「おりゃ、まず山寺に籠る口だ。煩悩があり過ぎて吉原にゃあ不向きだった」

とさらりと躱《かわ》した。

「亮吉め、悟ったような口を利きやがるぞ。欲っけがあり過ぎて、女郎の腰巻を洗わされて鼻血が出たんじゃないか」

小上がりに上がらせてもらえない兄弟駕籠の片割れが上がり框に上体を突っ伏せて、両手で酔った顔を支えて言った。

「うるさいぞ、繁三。おれは彦四郎と奥深い人の心の綾《あや》を語り合っているんだ。おまえ、広土間で膝小僧抱えて茶でも飲んでやがれ」

「そう邪険に言わなくていいじゃないか。おれだって久しぶりの亮吉の面《つら》がみてえや」

「繁三、おめえと面突き合わせてどうなるってもんじゃねえ」

「彦四郎となら、話が合うのか」

「おれたちゃ、同じ年に同じ長屋で生まれ育った狆《ちん》ころだ。互いが考えていることなんてお見通しなんだよ。だからよ、胸の底にため込んでいる悩みや苦しみが分かるんだよ」

へーんだ、と繁三が上体を起こした。

「むじな長屋で同じ頃、生まれた狆ころはもう一人いたな。この若親分だって、狆ころか。おまえたち二人だけがなんで慰め合っているんだ。彦四郎は幼馴染《おさななじ》みに狂ってよ、道行をしでかしたがよ、なぜか独りで江戸に戻ってきやがった。亮吉、おまえだって吉原でなんぞやらかしたろ」

「うるせえな、お喋りめ」

「痛いところ突かれて弱ったか」

「同じ年に同じ産婆《さんば》の手を借りても、人間持って生まれた出来があってよ、器が違うんだよ。若親分は狆ころなんぞじゃねえ、金流しの十代目を継ぐ若親分だ」

「するてえと彦四郎と亮吉は、出来が悪い半端者か」

「出来が悪い半端者な、繁三、よう言うた。おれたちは立派な半端者だ」

「ちえっ、自分で認めやがったよ。それじゃあ、全然面白くねえ」

繁三が草履を脱いで小上がりに這い上がろうとしたとき、
じゃんじゃんじゃん、
と半鐘《はんしょう》の音が近くでして御城からも太鼓の音が響いてきた。

「火事だ、近いぜ！」

と常丸が小上がりから立ち上がった。

広土間の客が何人か表に飛び出し、

「八丁堀見当だぜ」

「いや、霊岸島《れいがんじま》河岸あたりだな」

と言い合う声が店の中まで聞こえてきた。

「ご隠居、御用にございます。またこの次、皆といっしょに寄せてもらいます」

と政次が中座を詫びて、しほも清蔵に会釈すると辞去する構えを見せた。

「しほちゃんもいくか」

「はい、このようなときは金座裏に控えるのが女衆の務めです」

「そうだったな、そうだな」

清蔵が自分に言い聞かせ、

「よし、金座裏に戻って火事場に押し出すぜ」

亮吉も自らの気合を入れた。最後に、

「おれもいかあ」

と彦四郎も従う構えを見せて、小上がりの若い衆が飛び出していき、急に豊島屋の賑わいが消えたようだった。

「急に寂しくなっちまったよ」

と呟く清蔵の目の前で豊島屋自慢の糠床から上げた漬物がきれいに大丼に盛られたものをお菊が両手に抱えて立ち尽くしていた。

「折角《せっかく》の、自慢の漬物が無駄になりましたな」

「ご隠居、こんなに山盛りの漬物、どうしましょう」

「広土間の連中にでも馳走するんですね」

と命じた清蔵がよろよろと表に出ていった。すると鎌倉河岸から南東方向に大きな炎が立ち昇っているのが見えた。

「風具合は西風だ、こっちには来ないと思うがね」

「ご隠居、風が時折り回っているからよ、なんともいえないぜ」

と常連の客が言い、

「おりゃ、かかあのところに戻って様子をみよう」

と言い残して鎌倉河岸から姿を消した。

清蔵は冷たい風に吹かれる八重桜に歩み寄った。

樹齢八十年をたっぷりと超えた老桜は八代将軍吉宗のお手植えの桜とか。いわば鎌倉河岸の護《まも》り本尊で、時に馬方《うまかた》が馬の手綱《たづな》を結んだり、夏祭りのときは提灯《ちょうちん》をぶら下げられたりした。

清蔵は片手の掌を幹に押し当てて、

「八代様、どうか火事が大事に至らず消えますように」

と願った。

このように八重桜に祈願する習わしは、しほが豊島屋に奉公していた折り、始めたものだ。それをしほが金座裏に嫁に行った今、清蔵が受け継いでいた。

「よし、これで火事は収まりますよ」

と呟いて、炎に目をやると心なしか弱くなったように思えた。

清蔵が鎌倉河岸の八重桜に祈ったせいだけではあるまいが、八丁堀の組屋敷の真ん中から出火した火事は、火消したちの頑張りでなんとか夜半過ぎには峠を越えた。

日本橋川の右岸の南茅場町《みなみかやばちょう》と楓川《もみじ》の東側は、元々寺地であったとか。その後、寺は浅草や三田《みた》に移されて町奉行所与力同心の屋敷を八丁堀北岸に集めたため、この一帯は八丁堀組屋敷、俗に、

「八丁堀」

と格別に呼ばれるところになった。

火は北島町の東、地蔵橋付近から出火し、与力同心の屋敷十数軒を焼失して消えた。風が舞う最中《さなか》、十数軒だけで食い止められたのには、堀に囲まれた一帯ということもあるが、御城近くの八丁堀組屋敷から火を出したというので、非番月番に関わりなく南北両奉行所の面々が必死になって、火消したちの消火活動に協力し、屋敷の打ち壊しにも快く応じたことがあったからだ。

金座裏の面々は、まず八丁堀に駆け付けると親しく交わりを持つ、北町奉行所吟味《ぎんみ》与力《よりき》の今泉《いまいずみ》家、同じく新堂《しんどう》家などに分散して、炎が被《かぶ》らないように堀の水を汲《く》んで屋根にかける作業を続けた。

金座裏と一番親しい寺坂《てらさか》毅一郎《きいちろう》の屋敷には、政次と亮吉が駆け付けた。

「寺坂様、お手伝いに上がりました。なんでも申し付けて下さいまし」

と政次が願うと赤坂田町の神谷丈右衛門《かみやじょうえもん》道場の兄弟子《あにでし》でもある寺坂が、尻端折《しりはしょ》りをして襷《たすき》をかけ、屋敷の東側で立ち昇る炎を縁側から独り眺めていた。

火元に近い与力同心は屋敷で類焼を食い止めろという通達が出たとか。

「ご新造様やお子様はどうなされました」

「小者《こもの》をつけて、小松町の知り合いの家にいかせておる」

と寺坂が応え、

「風が舞うでな、油断はならぬ。女房に先祖の位牌《いはい》は持たせたがな、この次、風が西に変われば、うちも打ち壊しに応ぜねばなるまい」

と半《なか》ば諦《あきら》めた口調で言った。

八丁堀の同心の屋敷はおよそ百坪だ。多くの組屋敷が薄給を補うために医師などに土地を貸したりしていた。が、寺坂は代々定廻《じょうまわ》り同心で、出入りの武家屋敷や商家が何軒もあって、盆暮れになにがしかの付け届けがあるから、狭いながら自慢の庭があった。そこには築山《つきやま》があって泉水が掘られ、鯉《こい》が泳いでいた。

「若親分、おれ、楓川の水を汲んでくる。庭の泉水に水を溜めておけば、まさかのときに泉水の水が使えるからな」

と庭に出してあった桶《おけ》の水を泉水に注ぐと、空の桶を摑《つか》んだ亮吉が屋敷の外に走り出した。そこへ彦四郎と常丸が応援に駆け付けてきた。

「若親分、今泉様の屋敷も新堂様の屋敷も火元から遠いや。親分が火元に一番近い寺坂様の屋敷に行けと命じられたのだ」

と常丸が言うと、

「彦四郎、おれたちも水を汲んで泉水を満たすぞ」

と水を泉水に確保しようとした。

「若親分、風が回れば泉水の水くらいではどうにもなるめえがな」

炎が近くで立ち上がるせいか、二人の頬が赤く染まり、熱かった。

「こりゃ、だめだ」

「家財道具を運び出しますか」

と政次も一瞬寺坂家に火が入ることを覚悟した。

だが、その会話が交わされた直後から風が弱まり、火消したちの消火活動が勢いづいて夜半には下火になり未明にはなんとか鎮火した。

ふうっ

と寺坂がさすがに安堵《あんど》の吐息を洩らした。

「寺坂様、火が入らずにようございました」

と政次が声をかけた。

「いや、正直助かったぞ」

と応じた寺坂が泉水の傍《そば》に控える常丸ら三人に、

「ご苦労であったな、なんとも心強いことであった」

と頭を下げて礼を述べた。

「寺坂様、泉水の水があふれそうだよ。掻い出しておこうか」

と亮吉が聞いた。

「親父《おやじ》の代からの年寄り鯉がいささか驚いただけのことだ。池の外に飛び出さなければかまわんぞ」

と鷹揚《おうよう》に答えたところに宗五郎が姿を見せた。

「寺坂様、火が入らず祝着《しゅうちゃく》にございました」

「若親分らがいてくれてなんとも心強い限りであった」

という返事に首肯《しゅこう》した宗五郎が、

「八丁堀から出火したというので南北両奉行所の奉行が巡察に参られるそうです。寺坂様もお仕度を願って、お迎えに出て下さい」

「おう、そうか。ただ今仕度致す」

寺坂毅一郎が縁側から座敷に戻り、衣紋《えもんか》掛けにかけてあった黄《き》八丈《はちじょう》と巻羽織《まきばおり》を着て、腰に大小を、前帯に十手《じって》を差し落とした。

「常丸、おめえらは庭に運び出した家財道具を元に戻せ、おいおいご新造様も小者も戻ってこられよう。火事騒ぎの折りに盗難騒ぎがしばしば起きる、とくと注意するんだ」

と宗五郎が命じた。

「親分、八丁堀だぜ。いくらなんでも盗人《ぬすっと》は入るめえ」

「亮吉、却って組屋敷のようなところが油断して長年の蓄財を盗まれたりするものだ」

「よし、心得た」

と亮吉が請け合った。

「政次、寺坂様と同道せよ」

宗五郎は、政次を寺坂毅一郎に従わせた。

寺坂の屋敷の東どなりに南町の養生所見廻与力藤波《ふじなみ》佐一郎《さいちろう》の屋敷があって、庭木が多いせいで飛んでくる火の粉を防いだようだった。

藤波家は門が焼け落ちたが母屋はなんとか残っていた。だが、藤波家の東は無残な焼け跡で、まだ炎がちろちろとくすぶっていた。

寺坂毅一郎は与力や同心が集《つど》う列に加わった。

北島町と七軒町の辻《つじ》で南北両奉行の巡察を迎えるためだ。

宗五郎と政次はその背後に控えていた。すると遠くから、

「北町奉行小田切《おだぎり》土佐守《とさのかみ》様、巡視!」

の声が聞こえ、続いて離れたところから、

「南町奉行根岸《ねぎし》肥前守《ひぜんのかみ》様、巡察!」

の触れ声が聞こえてきた。

三

火事の際に出動する諸役人は、火付盗賊改《ひつけとうぞくあらため》、御使番《おつかいばん》、火事場見廻役、御目付《おめつけ》、そして、町奉行であり、現場に出るか現場近くに待機する仕来たりがあった。

南北両町奉行は火事場装束に身を包んでいち早く現場に向かった。なにしろ出火の場所が八丁堀だ、早々に現場に行かざるをえない。

奉行の出動は、騎馬の与力二人、同心十人、その他内与力など家来を伴い、格式一

万石の大名並みであった。

最初に火元近くの与力同心が集う辻に姿を見せたのは北町奉行小田切土佐守であった。

北の筆頭与力、年番方《ねんばんかた》与力新堂宇左衛門《うざえもん》の前につかつかと歩み寄った小田切が出火の屋敷を問うた。

南北どちらの支配下の与力同心の屋敷から火が出たか、北町奉行の小田切にとってもそして、南町奉行の根岸にとっても最大の関心事であった。

「奉行、特定はされたわけではございませんが、南町の与力須藤吉五郎《すどうきちごろう》どのの母屋から最初に炎が上がったという情報がございます」

「あいや、待たれよ、新堂氏」

と南町奉行所の筆頭与力葛西善右衛門《かさいぜんえもん》が異を唱えた。

「須藤の隣屋敷新保為次郎《しんぼためじろう》様方から炎が先に見えた、と申す者もおる。その辺、判然としておらぬゆえ、決め付けられるのは早計ではござらぬか」

「それがし、特定したわけではござらぬ」

と新堂も反論した。

「北にせよ、南にせよ、火が出たのは町方の組屋敷、非番月番に関わりなく合同で火元を突きとめるのが先決かと思うがいかに、根岸どの」

とそこへ到着した南町奉行の根岸に小田切が持ちかけた。

「いかにもいかにも」

と根岸が返事をして南北合同の火元調べが開始されることになった。

根岸の視線が宗五郎を摑まえ、

「金座裏の親分と若親分にも調べを手伝うてもろうてはいかがかな、小田切どの」

と江戸で一番古い十手持ちの宗五郎と政次に火元調べに加わる提案をして、

「此度《こたび》の火事騒ぎ、南も北もなければ、町方もない。迅速に火元を突きとめるが肝心にござる」

と小田切も賛意を示した。

南町から葛西善右衛門が、北町から今泉修太郎《しゅうたろう》が長に命ぜられ、その下にそれぞれの同心ら数名が就いた。さらに宗五郎と政次が加わって火元と目される須藤邸と新保邸に向かった。

たしかに二つの屋敷の燃え方は他の家と比べても酷《ひど》かった。

「二つの屋敷の者はおるか」

と今泉が焼け落ちた門の前で呼ばわった。すると、

「これに」

の声がして新保家の当主の為次郎があちこちを炎に焼かれた火事半纏《ばんてん》を着こんで姿を見せた。

「おお、ご無事にござったか。家族奉公人はいかに」

今泉修太郎が先輩与力に問うた。

「一家の者と奉公人は知り合いの屋敷に避難させたで全員無事にござる」

と疲れ切った表情で、だが、しっかりと答えた。

「新保どの、火が最初に出たのはそなたの屋敷と申す者やら、炎を見たという者がおるそうじゃが」

南町の葛西善右衛門が北町の新保に詰問した。

「葛西どの、大変な誤解にござる。火は隣家の須藤邸にござる」

と新保がはっきりと否定して須藤を名指しした。

「どうして言い切れるな」

と葛西が焼尽《しょうじん》した新保、須藤家が未だくすぶるのを見て、詰め寄った。

「火事じゃあ、と最初に声が上がったのは須藤家の屋敷からでございましてな、その叫び声にわれら、火事に気付いたのでござる。その折りは普段より遅い夕餉の刻限、家族も奉公人も全員が聞いておりまする」

「混乱の中で聞いた喚《わめ》き声など証拠にもなるまい」

葛西も必死に食い下がった。

「火事じゃあの声のあとに狂気に満ちた笑い声が響きましてな、家族が凍《い》てつくような恐怖に襲われた瞬間、障子がいきなり真っ赤に染まりました。障子をそれがしが開くと、炎が須藤家から塀を越えてわが屋敷に迫ってきていたのでございます」

「それを見たのはそなた一人か」

「いえいえ、そうではござらぬ、うちの家族、奉公人も承知のことにござる。おそらくお調べが進めば近隣の屋敷の方々がそれがしと同じ証言をなされましょう。ともあれ、それがし、その声を聞いて消火に努めるべく火事装束を着こみ、炎を箒《ほうき》なんぞで叩いて消そうと試みたが、なにしろ風が複雑に巻いておってな、須藤屋敷から第二陣第三陣の炎が次々に押し寄せて参りまして、屋敷を護ることを諦め、最前申したとおりにまず女子供を白魚屋敷近くの知り合いを頼って逃れさせたのでござる」

「須藤家の炎の勢いはそれほど激しゅうござったか」

今泉修太郎が訝しさを残した語調で聞いた。

なにしろ深夜の出火ではない、新保家などいつもより遅めの夕餉を食していた時分だ。

なぜかくも炎の廻りが早かったか、だれもが訝しく感じていた。

「家族や奉公人を知り合いの家に出して、それがしが隣家から飛び来る火の粉をなんとか防ごうとした折り、豆が爆《は》ぜるような音がしましてな、須藤家の中間《ちゅうげん》の早助《そうすけ》が頭髪を焦がしながら、わが屋敷との間の塀を乗り越えて、逃げてきました。早助が申すには、主《あるじ》の須藤吉五郎様が乱心におよび、奥方、嫡男《ちゃくなん》、娘御次々に刀で斬《き》り付けた上に座敷に油を撒《ま》いて火を放《はな》ったと身を震わしながら、証言致しましたのじゃ」

「そりゃ、真《まこと》か」

葛西が真っ青な顔で問い質《ただ》す。もし真実なれば南町奉行根岸にも累の及ぶべき火災の原因であった。

「葛西どの、早助に問うのが一番にござろう」

「早助は何処《どこ》に」

「さてな、あの騒ぎの中、他家の奉公人の面倒まで見ておれませんでな。いずこかに立ち去ったとみえます」

葛西が自らの配下の同心に早助を探すように命じた。

宗五郎は政次を伴い、須藤邸の母屋があったと思《おぼ》しき火事場に足を踏み入れた。すると行灯《あんどん》に使う菜種油《なたね》の燃えたような臭気と生臭い臭《なまぐさ》い《にお》が漂ってきた。これが早助が新保に証言した須藤吉五郎が座敷に撒いて火を点《つ》けたという油の臭気か。

宗五郎と政次は手拭《てぬぐ》いで鼻を覆った。それでも臭気は鼻腔《びこう》に入り込んできた。

燃え落ちた十数軒の火事場の周りには遠巻きに火消したちが残っていた。

宗五郎は八丁堀に一番近い組の一つ、二番組も組の纏《まと》いを目に止めた。

南紺屋町、銀座三十間堀《さんじっけんぼり》、数寄屋《すきや》町などを縄張りとする二番組も組だ。八丁堀とは楓川を挟んで対岸が縄張り内だ。

「も組の頭《かしら》、おられませんかえ」

と声をかけた。

「おうさ、金座裏の親分さん」

即座に姿を見せたのはも組の頭の譚兵衛《たんべえ》だ。宗五郎とは子供時分から遊び仲間で、とくと承知だった。

「頭、火元は八丁堀だ。南北両奉行様の合同のお調べが決まった。どこが火元か、屋敷を突き止めたいんだがね。手伝ってくれますかえ」

「合点承知だ」

と譚兵衛が、

「奴、須藤様の屋敷跡から燃え残りを丁寧に運び出せ」

と命じた。

譚兵衛はどこが火元か承知していた様子で、始末する場所も配下の面々に特定した。

「頭、おめえさん方が駆け付けたとき、この油の臭いはすでにあったな」

「金座裏の、むろんのことだ」

「須藤様は硝石《しょうせき》会所見廻りを務めてなさったが、この春以来、病で務めを十七歳の嫡男の伊之助《いのすけ》様に任せて治療に努められていたという話は本当か」

宗五郎が声を潜めて幼馴染みに問い返した。

「金座裏の耳にも入っていたか。酒毒が体じゅうに廻って尋常ではないと聞いていたがな」

「頭、またどうしてこうも火の廻りが早かったのだ」

「この臭いよ」

「菜種油か」

「金座裏、おれたちが駆け付けたときにはすでに大きな炎が立ち上がっていたがね、火元に飛びこめない事情があったんだ」

「飛びこめない事情とはなんだ」

「ばちばちと豆でも炒《い》っているような音がしてね」

「豆を炒る音だと」

隣家の新保も聞いたと証言した音だった。しばらく考えていた宗五郎が傍らの譚兵衛を見た。

「音がした辺りだが見当がつくかえ、頭」

「焼け跡に土台石だけが残っていよう。あの辺の地中から響いてきたと思ったがね」

「なんだと思うね」

「金座裏も人が悪いぜ。須藤様は硝石会所見廻りを親父様の代から引き継いでこられたんだ。屋敷内に硝石があっても不思議ではあるまい」

硝石自体は燃えない。だが、硫黄《いおう》一割、木炭一割五分、そして、七割五分の硝石と注意深く混ぜ合わせると黒色火薬が製造され、衝撃などで爆発を起こす。

宗五郎も譚兵衛も期せずしてそのことを考えていたのだ。

「須藤様のお役目は硝石会所見廻りにございましたか、親分」

と政次は問うた。

南町の須藤がどのような役職か知らなかったからだ。

御用聞きにとってまず定廻りなど三役が付き合う旦那方だ。

「いかにも硝石会所見廻りだ」

　火薬製造に用いる硝石の会所見廻り与力とはとんと縁がない政次だった。

　硝石は長崎を通して輸入され、江戸近郊でもわずかに火薬の製造がおこなわれていた。鉄砲爆薬に殊更神経をとがらす幕府では硝石の横流しを厳重に見張るために与力一名、同心二人を格別に配置していた。

「須藤様はお役目柄硝石を屋敷に保管なされていたのではございませんか」

「市中に火薬の持ち込みは厳禁だ、政次」

　とぴしゃりと宗五郎が政次の言葉をさえぎった。

「となるとぱちぱちと爆ぜる音はなんだったんでございましょう」

「若親分、なにしろ風に煽《あお》られた炎が須藤様の屋敷から表に向かって噴き出していたからね、爆ぜる音など気にかけず他の組も二の足を踏んで周りの屋敷から壊す作業に取り掛かったんだ」

　と譚兵衛が次の問いを外して答えていた。

「火元に一番近く迫った火消しは頭の組ですね」

「いかにもさようだ、楓川を越えて駆け付けたんだ。そんときゃあ、まだ他の組は姿を見せていなかったよ」

「頭、例の跡地だがな、しばらく手を付けないでそっとしていてくれねえか」

　譚兵衛が沈思していたが、

「金座裏に考えがあってのことだ、いいだろう」

　と了承した。ありがてえと応じる宗五郎に、

「若親分、こちとらは九代目から指示があったばかりのことをやるだけだ」

　と答えた譚兵衛に、

「頭」

　と呼ぶ声がして、

「仏様だ」

　と焼死体が見つかったことが告げられた。

　一刻半（約三時間）後、焼け跡が整地された。そして、南町奉行所硝石会所見廻り与力須藤吉五郎家の焼け跡から発見された遺体は六つ、老母のかつ、妻女のふさ、嫡男の伊之助、次男の正次郎、長女の糸と当人の吉五郎のものと推測された。なにしろ燃え方が激しく男女の区別もつかない有様だ。ただ、持ち物から吉五郎と伊之助だけは見当がついた。

吉五郎は抜き身を片手にしっかりと保持しており、伊之助は脇差《わきざし》を手挟《たばさ》んでいたからだ。

火元がはっきりとした時点で北町奉行所の面々は引き上げることになった。小田切が根岸に退去の挨拶をなしたとき、苦悩の表情の根岸が、

「小田切どの、頼みがござる」

と言い出した。

「なんなりと申されよ」

と小田切は即座に応じた。

「金座裏の宗五郎と政次を探索方に残してはくれぬか」

「承知仕《つかまつ》った」

と異例の申し出を受けた小田切は即座に応じて、南北両奉行だけが話し合う場に宗五郎と政次を呼んだ。

「根岸どののお申し出につき、そなたらはこのまま探索方に残り、引き続き御用を勤めよ」

「小田切様、承知致しました」

と即答した宗五郎が、

「根岸様、なんなりとお申し付け下され」

と願った。

「心強い」

と根岸は正直な気持ちを吐露した。

宗五郎は根岸のことを思い出していた。

根岸肥前守鎮衛《しずもり》は、御家人《ごけにん》百五十俵の安生定洪《あんじょうさだひろ》の三男として元文《げんぶん》二年（一七三七）に誕生している。

父親の定洪は才覚のあった御家人で、同じく百五十俵の根岸衛規が三十歳で死去し、跡取りがないことをよいことに根岸家の御家人株を買い求めて、三男の鎮衛を衛規の末期養子《まつご》として根岸家の当主に据えた。

それが根岸鎮衛の出世双六《すごろく》の始まりだった。

根岸の家督相続とほぼ同時に勘定所の御勘定という中級の幕吏《ばくり》に昇進、それを皮切りに勘定方で出世を重ねて、安永五年、四十二歳の折には、勘定吟味役という幕閣の末端を占めていた。

根岸鎮衛の出世に拍車をかけたのは、田沼意次《たぬまおきつぐ》が権勢をふるう時代から松平定信《まつだいらさだのぶ》の寛政《かんせい》の改革へと政治が移行したことだった。

寛政十年（一七九八）には三千石高が目安といわれた江戸町奉行職に就いていた。

根岸は佐渡奉行時代から死の直前まで見聞し、体験した事件や巷《ちまた》の噂《うわさ》をおよそ三十年にわたって書き留めた「耳嚢《みみぶくろ》」という、後の世にまで読み継がれる記録を残した。

ともあれ、生まれ育ちは百五十俵の御家人の三男だ。江戸庶民の暮らしを知っておれば、下々との付き合いもあって、さばけた江戸町奉行だった。

それだけに古町《こまち》町人の御用聞き、金座裏の宗五郎がどれほどの力を持ち、加えて人情に厚い人物か承知していた。だが、自らが南町奉行に就任しても、宗五郎との御用上の付き合いはない。

宗五郎は代々北町奉行所の鑑札を頂戴してきた御用聞きだからだ。

この根岸が初めて金座裏を訪ねたのは政次としほの祝言《しゅうげん》の席であった。

その折、巷の噂が嘘《うそ》ではないことを知った根岸は、

「南町奉行支配下に金座裏があれば、よいものを」

と正直考えた。

宗五郎の貫禄と見識、跡継ぎになった政次の思慮と行動力は、南町の御用聞きにはないものだった。

根岸は此度の南町硝石会所見廻り与力の須藤吉五郎家からの出火と乱心は咄嗟《とっさ》に自らの出世双六に幕を下ろしかねないと判断した。

根岸は百五十俵から成り上がっただけに、元の百五十俵の御家人の暮らしに戻る恐怖を人一倍感じていた。いや、御家人に戻る沙汰《さた》ですめばよいが、この火事騒ぎの探索と始末の付け方次第で、根岸家の御家断絶と自らの切腹もありうると感じ取っていた。

火事場に宗五郎と政次の姿を見たとき、咄嗟に金座裏に探索の主導をとらせることを思いついたのだ。

宗五郎は、根岸が陥《おちい》った苦境をむろん察知していた。

それだけに火事騒ぎと須藤吉五郎の乱心の真相を突き止めれば、それで事足りるとは思ってなかった。

「根岸様、わっしにこの一件の探索と始末を裁いてみよと命じられますな」

宗五郎は念を押した。

「そなた、わが意を汲んでくれたな」

「へえ」

宗五郎の返事は潔《いさぎよ》かった。

「根岸様、硝石会所見廻り与力には二人の同心が従っておられますな。そのお二方、だれにも会わせず金座裏に密《ひそ》かに呼んで頂くわけにはまいりませんか」

「承知した」

その場にあった小田切直年《なおとし》も、

「金座裏、この際、北も南もない、精々働け。北町は根岸どのの真意を汲んでそなたが動けるように手配り致す」

と応じて、宗五郎と政次は南北両奉行のお墨付きを得て探索にかかった。

四

宗五郎は政次に命じて、南町奉行所硝石会所見廻り与力須藤吉五郎家で働いていた奉公人を探させた。

政次は火事場に待機していた常丸らと一緒になって、火事の最中《さなか》塀を乗り越えて難を逃れてきた須藤家の中間の早助をまず探したが、その姿は火事場から忽然《こつぜん》と消えていた。また、他の奉公人も一人として探しあてられなかった。

町奉行所与力は一代抱席《かかえせき》だが、副収入の多い役職であった。

出入りの大名家、大身《たいしん》旗本、大店から盆暮れに付け届けがあったからだ。町奉行所与力の花形、定廻り、隠密廻り与力になると、年に千両を超える副収入があったという。むろん百二十俵から二百三十俵までの俸給よりずいぶんと多かった。御目見《おめみえ》以下の扱いの町方《まちかた》の矜持《きょうじ》を副収入が支えていた。出仕は槍《やり》一筋に挟箱《はさみばこ》、草履取、若党を連れて継裃《つぎがみしも》姿であった。

筆頭与力の当番方や定廻り、臨時廻りに比べて硝石会所見廻りは地味な役職だった。副収入もさほど見込まれなかったが、それでも屋敷内にはそれなりの奉公人がいたはずだ。それが誰一人として名乗り出ることもなく、徹夜の探索は再び夕刻を迎えようとして、徒労に終わった。

政次は皆を集めると、黙然と火事場に立ち続けていた宗五郎の下に不首尾の報告をなした。その傍らには金座裏の番頭格の八百亀の姿もあった。八丁堀からの出火という異常な事態を聞いて駆け付けたのだろう。

「やはりいねえか」

「与力の屋敷にございます。少なくとも七、八人の男衆、女衆がいてもいいと思うのですが、誰一人としてこの界隈《かいわい》には見かけられません。他の御用聞きが抑えた様子もないのでございます」

ご苦労だった、と労《ねぎら》いの言葉をかけた宗五郎が、

「この一年の間に須藤様の酒乱を恐れて在所から出てきた女中らは次々に辞めていったらしい。騒動が起きた時点で須藤家に残っていたのは、士分格の用人の佐竹壱兵衛《さたけいちべえ》、中間の早助、飯炊きと庭番を兼ねた老爺《ろうや》の冶吉《やきち》、それに古くからの女中頭のおやえの四人というじゃないか」

「どうやらそのようにございます。此度の騒ぎの原因が須藤吉五郎様と承知しており、関わりになるのを恐れて、真っ先に佐竹用人が、続いて三人が火事場を離れて逃げたと思えます」

「情けねえ話だぜ。佐竹用人は川向こうに品川宿の女郎を落籍《らくせき》させて囲っていたらしいが、大方、妾《めかけ》のところに逃げたと思える」

政次には初耳の情報だった。

「佐竹用人が高飛びする前にとっ捕まえますか」

「ところがだれもが妾宅《しょうたく》を知らないのだ。まるで手がかりなしに本所《ほんじょ》、深川を走り回るわけにもいくまい」

と宗五郎が応じて、

「おやえの在所が上総《かずさ》というのは分かったが他の二人はどうだ」

「早助は口入《くちい》れ屋を通して十数年前に雇われたとか、通町新道《とおりちょうしんみち》の口入れ屋に当たったってみましたが、数年前の火事で書付帳簿が焼尽してわからないということにございました」

「残るは老爺か」

「治吉は先代以来の奉公人だそうで、どんな切っ掛けで須藤家に奉公したのか、もはや判然としませぬ」

政次の報告を聞いた宗五郎が、

「こいつは長期戦になるかもしれないぜ。一旦金座裏に戻ろうか」

と決断した。

宗五郎は須藤の支配下にいた同心二人が根岸奉行の命で金座裏を訪ねてきたのではないかと気にかけて金座裏への引き上げを命じたのだ。

「親分、彦四郎の猪牙を新場橋下に待たせてあらあ」

と八百亀が宗五郎に言った。

「なに、彦四郎は、昨夜以来、現場付近に張り付いていやがったか。綱定《つなさだ》の親方にも迷惑をかけたな」

「そうじゃねえ。おれがこの場に駆け付けた昨夜の内に一旦龍閑橋に引き上げさせてよ、今日の昼過ぎにまた呼んだんだ」

と手配りを告げた。

八丁堀から金座裏までそう遠い距離ではない。だが、徹夜してそのまま探索にあった宗五郎らの疲労を気にして、八百亀は彦四郎の猪牙舟を待機させたのだろう。

「助かった」

と正直に八百亀の厚意を受けた宗五郎に、

「親分、わっしらは歩いて戻りますよ」

と猪牙舟に全員が乗り切れないとみただんご屋の三喜松が、若手の連中は徒歩で戻ることを告げた。

「ならば私もそちらに一緒しよう」

と政次も徒歩組に加わる気だったが宗五郎が、

「なんだ、年寄組はおれと八百亀だけか。政次、付き合え」

と政次を猪牙舟組に呼び戻した。

こうして八丁堀から徒歩組、水上組の二手に分かれて、金座裏に戻ることになった。

若手組は八丁堀の中を南茅場町の河岸へと抜け、宗五郎ら三人は楓川へと出た。

楓川の長さは六百六十七間、川幅は広いところで二十間、狭いところで十一間ほどの堀だった。

火事は風が西から東に吹いていたことと、伊勢桑名《いせくわな》藩の上屋敷と楓川があったせいで江戸一番の繁華な商家が連なる一帯に飛び火しなかった。

再び夕暮れが楓川界隈に訪れて、対岸の本材木町の河岸の明かりが堀の水面《みなも》に淡く映っていた。

「彦四郎、待たせたな」

なぜか明かりも灯《とも》さない猪牙舟に八百亀が声をかけた。

「お疲れ様にございました」

艫《とも》にしゃがんでいた彦四郎がゆらりと立ち上がった。政次には猪牙舟にもう一人の人影が蹲《うずくま》っているのが見えていた。

楓河岸から橋板を突き出しただけの船着場に下りた八百亀が、

「彦四郎、見習いを連れてきた覚えはねえがな」

と綿を厚く入れたどてらに身を包んだ人影を眺めた。その顔から火事場の臭いが漂ってきた。頭髪は炎で燃えたか、ちりちりとしていた。

「うーむ」

と訝しい声を洩らした八百亀が、

「爺様《じい》、面をおれに見せてくれまいか」

と願った。ようやくのろのろとどてらに包《くる》まった人影が動いて、顔を上げた。対岸からのほのかな明かりに疲労困憊《こんぱい》の体の煤《すす》けた顔が浮かんだ。

年寄りだった。

「八百亀、知り合いか」

宗五郎の問いにも答えず、ひたっと老爺の顔を確かめていた八百亀が、

「おめえは火元の須藤様の屋敷の奉公人治吉だな」

と念を押した。

「なんだって、八百亀、たしかか」

驚きの顔で宗五郎が八百亀の傍らに膝をついた。

「この面は間違いねえ。須藤様の家の先代以来の奉公人ですぜ、親分」

と八百亀が告げた。

「彦四郎、須藤家の老爺と承知で舟に匿《かくま》っていたか」

宗五郎が彦四郎に聞いた。

「親分、そうじゃねえよ。この爺様、おれが今日の昼過ぎにここへ戻ってきたときに橋下で茫然《ぼうぜん》と突っ立っていたんだ。身投げをしようにもその力も残ってねえって様子だったぜ。おりゃ、曰くがあると思ったからよ、爺様を猪牙に乗せて、一旦この場を

離れたんだ。なにしろこの界隈に南北の両奉行所の役人と御用聞きがよ、佃煮《つくだに》ができるほど走り回って、火元の奉公人を探していたからな。知り合いの船宿で握り飯を拵《こしら》えてもらい、綿入れを借り受けて少しばかり体を休ませて、またここに戻ってきたところだよ、親分」

「でかした、彦四郎。手柄だ」

「親分に褒められることかね」

「おめえがいうように南北両奉行所の役人やら御用聞きの佃煮が必死で探す人間を彦四郎が匿っていたんだからな。おれたちもかたなしだ」

と声もなく笑った宗五郎が猪牙に乗り込み、

「ようやく風向きが変わりやがった」

とほっと安堵の声を上げた。

続いて八百亀が、最後に舫《もや》い綱をほどいた政次が舟に乗り込んで、彦四郎が棹《さお》で石垣を突いた。

「おれは金座裏の宗五郎だ。おまえさん、南町の与力須藤家の奉公人の冶吉さんに間違いねえな」

宗五郎が念を押した。するとこっくりと冶吉が首肯した。

「話を聞かせてもらうぜ」

冶吉は綿入れのどてらの中に顔を埋めて恐怖に震えた。

「親分、船宿から酒を貰《もら》ってきたが、爺様に元気付けに呑ませちゃどうだ」

と彦四郎が足元の貧乏徳利と茶碗を八百亀に渡した。それを八百亀が茶碗に七分ほど注いで冶吉に、爺さん、と差し出すと冶吉が震える両手で受け取り、一気に飲んで、ふうっと息を吐いた。

「これで落ち着いたろう、喋ってもらうぜ」

「へえ、金座裏の親分さん、話すだ」

南町奉行所の硝石会所見廻り与力の須藤家の老奉公人がようやく在所訛《なま》りで口を利いた。

「八百亀、彦四郎、これから冶吉が話すことをだれにも喋っちゃならねえ。分かったか」

へえ、と八百亀と彦四郎が同時に返事した。

「火事場から六つの仏が発見された。炎に巻かれたんじゃねえ、刀で斬り殺されたんだ。須藤家の奥方とお子たちだろう。冶吉、どう思うな」

「間違いございません」

「刀を振り回したのは主の須藤吉五郎に間違いないか」

へえ、と答えた冶吉が、

「いつかはこんなことが起こるんじゃねえかと案じてました」

「須藤様は酒毒に頭を侵されていたと聞いたが、そうか」

へえ、と頷《うなず》いた冶吉が拳《こぶし》で涙を拭った。政次が手拭いを差し出し、

「これを使って下さいな」

と冶吉の手に握らせた。

「ありがとうございますだ、政次さん」

「私を承知ですか」

「へえ、奥様や嬢様の糸様の供で松坂屋に買物に寄せてもらいましたからな」

「そうでしたね。須藤様の奥様は松坂屋さんのお得意様でした」

と時折り姿を見せて、質素な買物をしていく姿を政次は思い出していた。

「私が松坂屋から金座裏に変わったことも承知ですね」

「へえ、読売なんぞでとくと承知でございます」

「冶吉さん、すべて親分にお任せなさい。必ずやおまえ様を悪いようにはなさりませんからね」

政次の言葉に冶吉が大きく首肯し、

「昨日、吉五郎様は朝の間から酒を呑んでおいでにございました。次男坊の正次郎様やお糸様が長屋に逃げてこられたのが昼過ぎ、半刻後に、嫡男の伊之助若様が二人を奥へと迎えに来られましたので」

「弟妹は素直に従われましたかな」

「親分、お二人は未だ十一と七歳にございますよ。酒に正体をなくされた吉五郎様が奥様や母御を殴る蹴《け》るの仕打ちを承知でございますからな、どうしても奥へ戻ろうとはなされませんでした。伊之助様も一旦は諦めて、奥に戻られましたが、また迎えに来られて強引に二人の手を引いて母屋に戻っていかれました。それから一刻余り奥は不気味なほど静けさを保っておりました。すると油の臭いが屋敷じゅうに漂って参りましたので、それが夕暮れ前のことでした。そして、ぎゃああっ！　絶叫が突然奥から響いてきたのです。おれは奥様のおふさ様のお声と思います」

冶吉がどてらの中で身を竦ませた。

猪牙舟はゆっくりと楓川から日本橋川へ出ようとしていた。

「彦四郎、急ぐことはねえ。ゆっくりとやりねえ」

と宗五郎が命じ、彦四郎が無言で頷いた。

「その後、佐竹用人の、殿様、殿様と狼狽の声が響いてよ、続いて、父上、なりませぬと伊之助様の押し殺した声も聞こえただ。そして、おかつ様の悲痛な、『吉五郎、とうとう狂われましたな。酒毒に侵され、おのれの妻を手討ちになされましたか、そなたは幼いときから気の弱い男にございましたが、なんと酒に溺《おぼ》れて情けないことに』という言葉の後におかつ様の悲鳴が響きわたり、『火が』という声やらなにやら次々と」

と絶句した冶吉はおいおいと泣き出した。

宗五郎はしばらく冶吉の好きにさせておいた。そして、彦四郎に日本橋を潜《くぐ》った品川町裏河岸に猪牙舟を着けろと手で合図した。

猪牙舟で洗いざらい話を聞くのだと察知した彦四郎が、すいっ、と舳先《へさき》を河岸に寄せた。

「嫡男の伊之助様だけが『父上、正気の沙汰ではございませんぞ、お手向かい致します』と刀を抜かれた気配にごぜえましたがな、その直後に『兄上！』と叫ばれた正次郎様の声が続きましたから、伊之助様も」

「斬られなすったか」

宗五郎が応じた。

「はい。次々に五人のご家族を斬られたようで、佐竹用人の喚く声がしました」

「なんと佐竹用人は叫んだな」

「もうだめだ、須藤の家ももうだめだ、行灯を蹴り飛ばして火まで放たれたと何度も繰り返し叫んでいましただ」

「佐竹用人は須藤様の刃傷《にんじょう》を見ておったのだな」

「間違いねえだ。油を撒いて火を放ったところもよ、見てるだよ」

「中間の早助はどうだ」

「あの男も庭から旦那様が刀を振るわれていたところを見ておったようだ」

「どうして分かる」

「あいつが逃げ出すとき、『酒の力は恐ろしいや、次から次に五人を斬り殺しやがった、火までかけやがった』と言い残しただ、そんで隣の新保様の塀を乗り越えて逃げていきやがっただ」

須藤吉五郎の刃傷と火付けを実際に目撃したものが二人いた。

「早助が新保様の塀を乗り越えたとき、すでに炎は大きく上がっていたんだな」

「へえ、わっしも逃げ仕度を致しました」

「女中のおやえはこの騒ぎの間、どうしておった」

「おやえさんは昼過ぎから使いに出てただよ。菩提寺《ぼだいじ》の正覚寺《しょうかくじ》に旦那の命でいかされていただよ」

「使いの趣旨は分かるか」

「おやえさんが出かける前に旦那が永代供養料を届けてこいと命じられたと、袱紗《ふくさ》包みを持って出かけていっただよ。この用事、元々は用人の佐竹様に命じられた御用だ」

「おやえは、佐竹に代わって用に出たのだな。そのとき以来、姿を見せないのだな。正覚寺たあ、どこの正覚寺だ」

宗五郎の知る正覚寺だけで三つ四つあった。

「なんでも仙台堀の海辺橋際という話だ」

深川万年町にある海辺橋はまたの名を正覚寺橋というが、その橋の袂《たもと》の寺が須藤家の菩提寺らしい。須藤は覚悟するところあって、菩提寺に永代供養料を用人に届けさせようとした。その御用を佐竹はおやえに廻して自らは屋敷に残っていた。

「治吉、もう一つ二つ聞きたいことがある」

「へえ」

「須藤様は屋敷に火薬の調薬の硝石、硫黄、木炭なぞを所持しておられたか」

「へえ、なんでも佐竹用人の話では、硝石会所の見廻りに行った折に、少量ずつ持ち出したものにごぜえますそうな。役目柄要《い》りようとか言われてな、旦那様は庭先に小さな地下蔵を普請《ふしん》されて、その蔵の中に硝石なんぞを保管しておられただよ」

やはり豆が爆ぜるような音は庭の一角に造られた地下蔵に火が入った音だった。となるとこちらの方が南町奉行根岸の進退に関わってくる。

「須藤様に火薬を調合する技があったか」

「硝石会所見廻りは先代以来の役職にございますだ、十四で見習いに上がって以来、二十五、六年です。おそらくは見よう見真似で調合はできたかもしんねえだ」

「夕べのことだが、豆が爆ぜるような音を聞いた者がおる。須藤様が調合した黒色火薬に火が入った音ではないか」

冶吉はしばらく沈黙して考え込んだ。

「なにを隠しておる。そなたが見たことを正直に告げるのだ、それがおまえさんに面倒がかからないただ一つの道だぜ」

「いえ、隠したりしちゃいねえ。炎が激しくなって、おらも逃げ出そうとしたとき、佐竹用人が庭を廻ってよろよろと姿を見せただ。髷《まげ》から炎が上がっていただ」

「炎が吹きすさぶ庭でなにをしておったのだ」

「用人さんは屋敷の金庫番を兼ねていただ、旦那があんな風だからな。おそらく屋敷に残った金を洗いざらい集めて、大風呂敷に包んでいただな。銭箱は地下蔵にあっただよ」

金番が金を集めて最後に逃げ出していた。だが、あれだけ政次ら南北の町方が必死に探したにもかかわらず、佐竹壱兵衛用人の姿は火事場近くでは見つかっていない。さらに早助もおやえも名乗り出ようとはしていない。

町方に身柄を確保されたのは冶吉だけだ。それも彦四郎の機転があればこそだ。他の三人も主家の悲劇に衝撃をうけて江戸の町をうろついているのか。このことをどう考えればいいのか。

もはや須藤家の行く末は定まっていた。これだけの騒ぎを起こし、一家が死んでいた。親戚筋を末期養子にする手も奉行所は許すまい。

宗五郎が政次を、

(どうするな)

という顔で振り返った。

「根岸様の身がいよいよ心配にございます」

火薬が爆ぜる音を聞いたのは須藤家の屋敷ではどうやら佐竹用人と早助の二人だけのようだ。

「二人の口を封じるにはどうしたらいい」

「まず佐竹用人を摑まえることです」

と応じた政次が、

「治吉さん、佐竹用人は妾を囲っていたようだが妾宅を承知ですか」

「いや、知んねえ」

と顔を横に振った。

「だども、おやえさんは正覚寺に佐竹様の命で一月一度ばかり墓掃除にいくがよ、二度ほどあの界隈で姿を見かけたとおらに言っただよ。用人さんはあれでなかなか色好み、若い小太りの女を連れてでれでれと歩いていたのを見たのだと」

「ほう、面白いな」

と言った宗五郎が、

「彦四郎、これから大川を渡ってくれまいか」

と命じた。

第三話　妾と悪党

一

長い一日は未《ま》だ終わりそうになかった。

昨夜来、豊島屋《としまや》を飛び出してすでに一昼夜が過ぎていた。

日本橋川を一気に下った彦四郎《ひこしろう》の猪牙舟《ちょきぶね》は、勢いに任せて大川を少し上流へと斜めに永代橋《えいたい》下を潜《くぐ》りながら横切り、仙台堀に入り、上之橋を潜った。七、八丁東に進んだところの南岸が万年町二丁目で、海辺橋が架かっていた。

須藤家《すどう》の菩提寺《ぼだいじ》の正覚寺は、この仙台堀に沿って細長く短冊形の寺地を持っており、角地に山門を構えていた。むろんこの刻限だ、両開きの板扉《いたび》も通用口も閉められていた。

この界隈《かいわい》は元々海辺新田と呼ばれていた場所で橋の名もその里名に由来する。

隠元《いんげん》を開山とする黄檗宗《おうばくしゅう》永寿山海福寺を中心に深川寺町が形成されていた。正覚寺は海福寺から数えると北に向かって三つ目の小さな寺だ。

猪牙舟の中で少し落ち着きを取り戻した須藤家の老爺《ろうや》冶吉《やきち》がぼつぼつと問わず語りに語ったところによると、二年ほど前から佐竹《さたけ》は体の具合が悪いなどあれこれと言い訳して、おやえに正覚寺の月参りを譲ったのだそうだ。

「用人の佐竹壱兵衛《いちべえ》が海辺橋付近に妾宅《しょうたく》を構えたとすれば、土地勘があったからか」

「まんずそうだ」

宗五郎《そうごろう》の問いに冶吉が答えた。

舟の中でちびちびと酒を茶碗で三杯ほど飲んだ冶吉は、最前よりだいぶ口が滑《なめ》らかになっていた。

彦四郎が海辺橋際に猪牙舟を寄せ、政次《せいじ》が舫《もや》い綱を杭《くい》に結ぶと橋板だけの船着場に飛び上がった。

「彦四郎、爺様《じいさま》が飲み残した酒でも飲んで待っていろ」

宗五郎は言い残して船着場に上がった。

「爺さん、どうするね」

と八百亀《やおかめ》が聞くと、のそのそと橋板に這《は》い上がり、

「おらも行くだ」

と明言した。

刻限はすでに五つ（午後八時）を廻《まわ》っていた。

四人が上がった海辺橋の橋際に高札場が見えて、正覚寺の長い塀が四人の眼《め》の前から長く東に延びていた。

「さて、おやえがこの界隈で見かけたという佐竹用人だが、どこに妾《めかけ》を囲っていやがるか」

と宗五郎が腕組みして思案した。

「親分、正覚寺なんぞは案外承知なんじゃないかね。寺の坊主なんぞは結構あれで巷《ちまた》の噂《うわさ》を知っているからね」

と八百亀が言い出した。すると、

「ここはこの冶吉に任せてくんろ」

と冶吉が宗五郎に願った。

なにか魂胆あってか、と宗五郎が考えていると、

「私が従います」

と政次が即座に応じて、冶吉と政次の二人で道を横切った。

冶吉が正覚寺の通用口の前で大きなくしゃみをすると、閉じられた戸をどんどんと

叩《たた》いた。しばらくすると寺男《てらおとこ》らしい声がして、

「だれだだれだ」

　と問い返す声がした。

「おらは八丁堀の与力《よりき》須藤吉五郎《きちごろう》方の爺だ。火急な用でよ、佐竹用人様を探しておるだ」

「なんだって、今晩は佐竹様のことで何人も訪ねてくるんだ」

　と言いながら通用口が開き、寺男が面を出した。

　海辺橋際の常夜灯の明かりが寺男の寝ぼけ眼《まなこ》の顔をおぼろに照らした。

「だれか佐竹様のことを聞きに参りましたか」

　と政次が一朱をすかさず相手の手に握らせた。

「こりゃ、どうも」

　と事情も分からないまま礼を言った寺男が、

「煤《すす》だらけの顔の中間《ちゅうげん》さんがよ、佐竹様がこの界隈に妾を囲っている筈《はず》だと尋ねに来たな」

「早助《そうすけ》だ」

　と冶吉が言った。

「いつのことです」

「半刻（約一時間）も前のことだ」

政次の問いに寺男は素直に答えた。一朱の利き目だろう。

「おまえさん、佐竹用人の妾宅を承知でございますか」

「用人さんはよ、深編笠《ふかあみがさ》なんぞで面体《めんてい》を隠しておいでのようじゃが、ああ、若い妾を連れてでれでれと寺町で歩いていたら、直《す》ぐに評判が立つからな。佐竹の旦那は海辺橋を渡った西平野町の米屋越後屋《えちごや》の家作《かさく》に女を囲っておられるぞ。そのせいか、最近では月一度の寺参りにも姿を見せねえよ。越後屋の裏手の小体《こてい》の三軒長屋だ、すぐ分かる」

「助かりました」

礼を述べた政次と冶吉は、宗五郎と八百亀が待つ高札場に戻り、佐竹壱兵衛の妾宅が分かったことを報告した。

「まず幸先《さいさき》は悪くねえ、八百亀の勘があたったぜ」

宗五郎が満足そうに笑い、四人は海辺橋を渡って西平野町に出た。

米屋の越後屋は海辺橋から一丁ほど東に下ったところにあった。仙台堀に面して間《ま》口《ぐち》十間《けん》ほどのなかなかの店構えだ。その横手の路地を曲がった越後屋の裏の、武家屋敷の塀との間の土地に二階建ての長屋が二棟見えてきた。

四人は静かな長屋の木戸口で立ち止まった。

「いますかね」

「早助が訪ねていやがるのが気がかりだ」

八百亀に宗五郎が応じた。

木戸口を入ると、敷地はそれなりに広く、二階建ての三軒長屋が二棟あった。その奥まった一軒から明かりが洩《も》れていた。

宗五郎を先頭に足音を忍ばせて明かりに忍び寄った。

「ともかくだ、おれとしては江戸を離れるにはいささか路銀が要《い》るってことよ」

いきなり濁声《だみごえ》が聞こえてきた。

「早助だ」

と治吉が呟《つぶや》く。

用人佐竹壱兵衛が女郎上がりを妾にして囲う長屋の庭側の雨戸が一枚だけ開けられて障子戸越しに明かりが洩れていた。

「なぜそなたの路用の金を出さねばならない」

「何度言ったら分かるんだい、用人さんよ。おまえさんがさ、須藤家の銭箱を預かっていたんだよ。旦那はあのとおり酒毒が体じゅうに回っていらあ。事の是非も分からないのをよいことに、忠臣面《づら》して須藤の内証をしっかりと握ったからこそ、こうして若い女も囲えるんだろうが」

と早助が居直る様子が窺《うかが》えた。

「こりゃ、面白くなってきた。聞き耳立ててその先の算段を考えるか」

宗五郎は雨戸越しの声を聞くことを政次らに告げ、障子戸に忍び寄って腰を下ろした。その横に治吉がしゃがみ、政次も八百亀も倣《なら》った。

「早助、何度申したら分かる。それがし、びた一文として須藤家の内所の金子《きんす》に手を付けたことなどない」

佐竹壱兵衛の声が苛立《いらだ》っていた。そして、

「お梅《うめ》、酒が足らぬな。どんどん燗《かん》をつけぬか、なんぞこやつらに食い物も出せ」

「佐竹さんよ、酒で早助を酔い潰《つぶ》そうなんて無理なこったぜ。おやえさんはその手に乗ってもおりゃ、底なしだ」

「だ、だれが酔い潰れるって」

女の声がした。

「こりゃ、魂消《たまげ》た、おやえもいるだ」

と冶吉が驚いた。

政次も予想外の展開に言葉を失っていた。

「爺さん、静かにしていねえな」

と宗五郎が注意して、

「どうやら須藤家小悪党三人衆の談合の図だぜ。話からなにか飛び出すかね」

と余裕を見せた。

宗五郎にはなにか思案があるらしい、と政次は思った。

「早助、わたしゃ、用人さんがこの界隈に妾を囲っていると察したときから、この時を待っていたんだよ。早助、おまえ一人にいい思いはさせないよ」

とおやえも居直った。

「おやえさんよ、それにしてもおれより妾宅に現れるのが素早いたあ、どういうこった」

「私は正覚寺を出てから考えたのさ。この界隈に用人さんの妾宅がある筈だと睨《にら》んでいたからさ、よい機会とばかりあちらこちら聞き歩いたと思いな。だがよ、このけちな用人さんが妾なんぞ持つ才覚はあるまいとも考えたりしてね、半信半疑で始めたことだ。すると米屋の家作にそれらしい女が囲われているというじゃないか。よし、この際だ、とことん調べてやれと、ぼて振りなんぞに小銭を与えて聞き込んださ。早助、するとと驚くじゃないか、うちの用人さんがさ、品川宿の歩行《かち》新宿の曖昧《あいまい》宿山《やま》の瀬《せ》のお梅を四十二両で落籍《ひか》せて、正覚寺そばの妾宅に囲ったというのが分かったのさ」

「なにっ、この青臭い娘に四十二両も用人さんは払ったのか。おやえさん、用人の給金とはそんなにも高いものか」

「べらぼうめ、用人の給料たって知れているよ。私らの給金、考えればいいじゃないか。同じ八丁堀の与力屋敷より三、四割は低かったよ」

「いかにもさようだ。それを四十二両だと、大したものだぜ、用人さんは」

「そなたらに関《かか》わりなき話じゃ」

「いや、ないことはない。用人の稼ぎで四十二両たあ、大したものだ」

「早助、それで済んだわけじゃないよ。あの女のお手当だってこの長屋の借り賃だっていらあ」

「おやえさん、案ずることはねえ。この用人さんは、須藤の殿様が乱心することを見込んでいたんだよ。だから、昨日も素早く立ち回り、殿様が刀振り回して奥様から一家じゅうを斬《き》り殺したとき、逸早《いちはや》く庭の地下蔵に入り込んで、須藤家代々の殿様が貯め込んだ金子を一切合切大風呂敷に包みこんで、とんずらしたってわけだ。おりゃ、おやえさん、おまえから用人さんが海辺橋近くに妾を囲っていると聞いてなけりゃあ、用人さんと生涯再会できなかったぜ」

「ほう、早助、殊勝じゃないか。このおやえに感謝申し上げるというのかえ。となりゃあ、用人さんから出して頂くものはおまえと等分だよ」

「致し方ねえか」

と中間と老女中が佐竹用人を前に勝手に話を固めた。

「早助、おやえ、おまえらの申し出ももっとも、双方に二十両を出そう」

といきなり額を提示した。

「用人さん、話が早いな。ただしだ、勘違いしてませんかえ。桁《けた》が一つ違いますぜ。なあ、おやえさん」

「そうだとも佐竹の旦那」

と二人が不満を漏らした。

「それ以上はびた一文も出せぬな」

「出せないだと、腕ずくでもこの家の金子、洗いざらい掻《か》っ攫《さら》っていくぜ」

「早助、おまえは大したタマだな。一家五人を皆殺しにした殿様がふらふらと縁側に姿を見せたとき、おまえはなにをしでかしたな」

「なにか見たというのか」

「門の暗がりから振り返ったとき、座敷が炎に包まれて、その炎を背景におまえが匕首《あいくち》を翳《かざ》して殿様の腹に突き刺したかと思うと、倒れ落ちる殿様の懐《ふところ》の財布と腰の印籠《いんろう》を抜きとったな」

「やっぱり見ていなさったか。用人さんの悪を真似《まね》ただけだ。それにしても沈む船から最初に逃げ出すのは腹が黒い鼠《ねずみ》というが、そのとおりだね」

「殿様の財布と印籠で我慢せよ」

「そうはいくかえ」

「おまえさん方、二人ほど私は悪人ではないよ」

二人の男の会話に老女中が割り込んだ。

「おやえ、おまえが長年出入りの酒屋、味噌《みそ》醤油《しょうゆ》屋、油屋、米屋なんぞから小銭をくすねていたのを知らぬと思うてか」

「出入りの商人の上前《うわまえ》なんて高が知れているよ」

「用人さん、三人の立場がはっきりとしたところで改めて談判だ。おまえさんが須藤家から掠《かす》めた金子はいくらだえ、残った金をきっちりと三等分しようじゃないか」

いいね、とおやえが早助に賛意を示した。

「酒に燗が付きました。それと猪鍋《ししなべ》で一杯やりながら、とっくりと相談しましょうよ、ねえ、旦那」

と艶《えん》を込めた若い声が言った。

「ほう、お妾さんのほうが話は早いぜ」

「早助さん、盃《さかずき》ではまどろっこしいよ、この小丼でいこうよ、おやえ姉さんもさ。旦那も覚悟して今夜は飲んでさ、明日の朝、すっきりしてそれぞれ別々の道を歩みだしましょうよ」

「姉さん、須藤家はおれたちが江戸を離れて暮らす長い草鞋《わらじ》を履くほど金を貯めこんでいたのか。いやさ、用人さんは大風呂敷に包みこんできたのかえ」

「思ったより少なかったよ、ねえ、旦那」

「お梅、この者らの話に乗るではない」

「いいじゃないさ。これまでちょろまかした金と合わせて昨日までの稼ぎは、八百八十両余り、そいつをきっちり四等分しましょうよ」

「四等分とはどういうことだ」

「私を混ぜておくれな、佐竹の旦那に落籍してもらったけどさ、これから一日じゅう一緒というのはご免だよ。私は私で生きていたいのさ」

「姉さん、気持ちは分かるぜ。よし、おれは二百二十両で手を打った」

「早助さん、おまえさんが殿様の懐から盗んだ財布にはいくら入っていたんだい」

「えっ、そいつも四等分か」

「当たり前だね」

「持ってけ、泥棒」

と早助が財布を投げ出した気配が伝わり、しばらくして、

「なんだい、たったの一両二分《ぶ》ぽっちか」

とお梅ががっかりとした声を上げ、

「景気付けにくいっと飲もうよ」

と熱燗の酒を注《つ》ぐ気配がした。

「わ、わたしゃ、酒はいいよ」

「ならば猪鍋をお食べよ、おやえさん」

「そっちにしてもらうかね、昨日からまともにまんまも食べてないもの」

しばらく物音だけがして、

「ああ、こりゃうまいよ」

とおやえが舌つづみを打つ音が響くと、治吉の腹がくいっと鳴り、

「うちの屋敷は肚《はら》の黒い鼠どもの巣だったべえか」

と哀《かな》しげに呟いた。

「そろそろ踏み込むぜ」

宗五郎が立ち上がりながら背に差した金流しの十手《じって》を抜いたとき、

「げええっ！」

という唸《うな》り声ともなんともつかぬ声が響いて、

「わあああっ！」

という断末魔の声が呼応した。

「お、お梅、そ、そなた、さ、酒に何を入れた」

佐竹壱兵衛が喉《のど》でも掻き毟《むし》る音と一緒に言葉を吐き出した。

「へーんだ。石見《いわみ》銀山《ぎんざん》をたっぷりとね、酒と鍋に入れてやったよ」

「お、おのれ」

と応じる佐竹の声に恐怖と絶望があった。

「畜生、死にたかねえや」

と早助が悲痛な叫びを上げた。

「おまえさん方、屋敷者の悪党なんてちょろいものだね。こっちは二つの時に品川宿の曖昧宿の戸口に捨てられて、二日に一度三日に一度のえさを与えられて飼い猫以下に生きてきたお梅だ。男だったら、目黒川に捨てられていたよ。運がいいことに女だったから、女郎に出るまで生かされたのさ。そんな育ちだ、物心ついたときから人を騙《だま》すのはお手のものさ。おまえらの都合のいいようにはさせないよ。旦那が主家から盗んできた八百八十余両、そっくりとこのお梅姉さんが頂戴《ちょうだい》するよ」

と応じる強《したた》かな声が屋外まで聞こえてきた。

「おっ、魂消た」

と治吉が洩らした。

その途端、慌てて口を押さえて、くしゃみを堪《こら》えようとしたが無理だった。

くしゃん！

「そこにいるのは誰だえ」

政次が障子を開き、宗五郎を先頭に佐竹壱兵衛の妾宅に踏み込んだ。

八畳の座敷の真ん中に七輪が置かれ、土鍋がかかっていた。そして、その周りに三人の男女が丼や燗徳利をひっくり返して断末魔にのた打ち回っていた。

丸ぽちゃの愛らしい顔をした若い女が突然の訪問者を迎えた。

ぞろりとした振袖《ふりそで》の片手に佐竹用人の脇差《わきざし》か、抜き身を握っている。まるで雛《ひな》人形のような無垢《むく》な顔立ちが悶絶《もんぜつ》する三人を足元にして平然と立っている。対照的な四人だけにまるで地獄絵だ。

「お梅、大したタマだねえ」

と宗五郎が吐き捨てた。

「おまえさんは」

「金座裏の宗五郎だ」

「金流しの親分だって、ついてないよ」

「おめえ、死に際にいいことをしてくれたぜ。南町奉行の命を救ってくれたんだよ」

「なんのことだ」

「お梅、おめえとは関わりがねえことだ。ともかく悪人ばらとはいえ三人を毒殺しようとした罪は許されるもんじゃないぜ」

「今さら冗談じゃないよ。おまえも殺してやる！」

と形相《ぎょうそう》が夜叉《やしゃ》に変じたお梅が脇差を振り翳して、宗五郎に襲いかかってきた。

「獄門台に曝《さら》されねえのを有り難くおもえ」

宗五郎が金流しの十手を踏み込んできたお梅の額に思い切り叩き付けた。
ぐしゃり
と額が陥没した音が不気味に響いて、さらに十手が閃《ひらめ》いて引かれ、後ろ帯に差し戻された。くねくねと体を震わした後、お梅が、
どさり
と地獄図絵の中に倒れ込んだ。
「あわあわっ」
冶吉がその場に腰を抜かした。
政次と八百亀はただ黙って九代目宗五郎の非情の裁きを凝視していた。

二

政次は、宗五郎が狭い台所の板の間で火鉢を前に高鼾《たかいびき》を掻く姿を見て、

(これが金流しの十手を受け継ぐものの姿か)

と言葉もなく立ち尽くした。

金座裏に政次が養子に入り、その政次にしほが嫁にきた。そのせいか九代目宗五郎は、このところ猫の菊小僧《きくこぞう》を膝《ひざ》に抱いて、長火鉢の前や縁側でうつらうつらとする

日々を過ごしていた。自らも、

「隠居宗五郎」

と名乗っていたほどだ。

深川西平野町の米屋越後屋の家作の一軒、佐竹用人が囲っていた妾のお梅の長屋で見せた宗五郎の峻烈苛酷《かこく》な裁きには、政次は頭を丸太ん棒で殴られたほどの衝撃を受け、身が震えるほどに驚愕《きょうがく》した。

一御用聞きが始末する域を超えていた。

政次は、この裁きを自らに課することができるであろうかと自問した。

宗五郎は、お梅を金流しの十手で打ちすえて斃《たお》した後、
ふうっ
と大きな息を一つ吐いた。だが、

「冶吉爺さん、おめえは先代以来の須藤家の奉公人だな。江戸にだれか頼る者はいるかえ」

と聞く声音《こわね》はいつもの宗五郎に戻っていた。

「へえ、代々《よよ》木村に甥《おい》っ子がおりまして百姓をしておりますだ。在所、下野《しもつけ》をわっしと同じ頃、出た兄さの子だ。兄さは十年も前に死にやしてな、直ぐに義姉《あね》様があとを

追った。そのせいか、為助《ためすけ》はわしの身を案じて、そろそろ奉公を辞めて、おれの子の面倒を見て余生を過ごさないかというてくれますだ」

「代々木村で小作人《こさくにん》か」

「いいえ、兄さが働き者で季節の野菜を売り歩いて金を貯め、死ぬ何年か前に五反《たん》の畑と屋敷を買いましただ。そのとき、わしが五両ばかり融通しましただ。為助はそのことを気にしておりましてな、こいつも働き者で田畑を買い増して、一家が食うには困らない百姓をしていますだ」

「八丁堀に戻ろうにも屋敷はありゃしねえや。代々木村で甥の子の面倒みて余生を過ごすのも一つの道だ」

「須藤の家はお取り潰しにございますか」

「江戸町奉行所の与力同心は一代抱えが決まりだ。乱心の果てに火事騒ぎを起こした須藤の家系を継ごうという酔狂者は八丁堀にいめえ、またお上はお許しもなさらないだろうぜ」

ふうっ
と今度は冶吉が力ない溜息《ためいき》を吐《つ》いた。

「冶吉、代々木村で暮らすのは嫌か」

宗五郎が問うた。

「為助の家とはいえ、年寄り面をするには手土産《てみやげ》の一つも要りましょう。親分、今度の騒ぎで稼ぎ貯めた金子も燃えちまって着たきり雀《すずめ》のすってんてん、尾羽《おは》うち枯らした身では行く末が案じられますだ」

「何十年の奉公の代償は燃えちまったか」

「火事場を掘り繰り返して出てこようか」

「あの炎の具合じゃ無理だな。いくら貯めていたな」

「十五両と二分ばかり。酒を飲まなきゃあもう少しは貯められたでしょうがね」

「金は好きなものに使うからいいんだよ。それで十五両も残ったとなりゃ、御《おん》の字だ」

「それがすっからかんに消えただよ」

と冶吉が血走った両眼を瞬《しばた》かせた。頷《うなず》いた宗五郎が、

「政次、八百亀、こやつら、四人の争いの種の風呂敷包みを探せ」

と命じた。

須藤家から持ち出された八百八十余両の風呂敷包みは、寝間の床下から見付かった。風呂敷包みにはたしかに何代もかかって貯め込んだと思える小判、小粒、切餅《きりもち》、包金《つつみきん》

などが八百八十両余り入っていた。

「須藤家先祖代々が硝石《しょうせき》会所見廻りを勤めながら硝石なんぞを横流しして溜めこんだ金子だぜ、八百亀」

「どうして分かりますね」

「臭《にお》うのさ、賄賂《まいない》の臭いがな、というのはあてずっぽうだ。御目見《おめみえ》以下一代限りの町方の株が巷では高値で売り買いされているのは承知のことだ。与力は高々二百俵高だがな、不労の収入がついてまわらあ。南北両奉行所の与力同心の大半の内所がそれなりに豊かなのは、八丁堀の七不思議のひとつに加えてもいいくらいだ」

「それには違いねえがね」

「硝石会所見廻りなんて地味な役目だ。ようも貯めなさったぜ」

と言った宗五郎が一分金を平たく包んで百枚二十五両、俗にいう切餅を一つ抜くと、

「冶吉爺さん、こいつは口止め料だ。須藤家で起こったすべてを口外しちゃならねえ。もし世迷《よま》い言《ごと》にもおめえが代々木村でくっ喋《ちゃべ》っていると知ったら、おれが金流しの十手を携《たずさ》えて出向く。おれの始末の付け方を見たな」

冶吉に宣告した宗五郎が口の端から血を流して転がるお梅の骸《むくろ》をじろりと見た。

「へっへい、親分が喋《しゃべ》るなというのなら、わしは墓場まで持っていくだ」

「生を全《まっと》うするただ一つの道は、好々爺《こうこうや》で通すことだ。夜中に大金を懐に入れて歩いていちゃあ怪しまれよう。猪牙舟でまず金座裏まで送らせる」

「へい」

と訝《いぶか》しげに応じた冶吉に切餅が渡された。

「八百亀、話を聞いたな。彦四郎の猪牙舟に冶吉を乗せて金座裏に連れていかせるんだ。夜明けを待って常丸《つねまる》を同道させて代々木村の冶吉の甥の家まで送らせろ」

「親分さん、おりゃ、一人で代々木村に行けるだよ」

冶吉が口を挟んだ。

「おめえが火事場から這いずりでてきたなりで歩いていて御用聞きにでも咎《とが》められたら、事が厄介になるんだよ。ここはおれが言うことを聞きねえ」

しばらく思案していた冶吉がこくりと頷いた。

「八百亀、いいな、彦四郎に念を含めてよ、常丸に必ず送らせるようにするんだ」

八百亀は、そうか、親分は今後も冶吉の生き方を見守るつもりかと得心して、

「分かったぜ」

と返事をした。

「おめえには別の仕事がある」

「なんだえ」

「おまえは南茅場町《みなみかやば》の河岸《かし》で独り舟を下りてよ、も組の譚兵衛《たんべえ》の頭《かしら》の家を訪ねねえ。夜中だろうがなんだろうが構わねえ。頭に焼け跡の地下蔵の跡は、明朝一番までにしっかりと埋め直してくんな、と宗五郎が願っていたというんだ」

「承知した」

「頭にお浄め料だといって渡してくれ」

宗五郎は、風呂敷包みからさらに二十五両の包金を抜くと八百亀に渡した。

「その後な、南町の葛西善右衛門《かさいぜんえもん》様と、北町の今泉修太郎《いまいずみしゅうたろう》様の屋敷を訪ねてな、こちらまで案内してくるんだ。旦那方お二人だけで、供はご遠慮願いますと宗五郎が言っていたというんだ」

「分かった」

「手順を間違えるな」

宗五郎は手配りすると八百亀と冶吉を越後屋の長屋から送り出した。

二人だけになったとき、宗五郎は、

「政次、この場にいるとなんとなく哀しくなるぜ。場を台所に変えよう」

と座敷から台所に移ろうとした。が、その前に、

「政次、おめえにも頼みがある。家探ししてくれ」

「承知しました」

「おまえのことだ、念を押すまでもないが、腹黒い佐竹用人が硝石会所見廻りの主《しゅう》の真似をしてないとも言い切れねえ。都合の悪いものを妾宅に運んできてねえか、あれば葛西様と今泉様が見える前に始末しねえ」

政次は頷くと二階座敷から調べを始めた。家探しに一刻ほどかかったが、佐竹用人の妾宅からは南町奉行根岸《ねぎし》の進退に関わるようなものは出てこなかった。

「親分、済みました」

台所に行くと胡坐《あぐら》を掻いた宗五郎は、自ら熾《おこ》したらしい箱火鉢の前で眠り込んでいたのだ。しばらく宗五郎の眠り込む姿を見ていると、

「終わったか」

と政次の気配に気づいた宗五郎が目を覚まして聞いた。

「終わりました」

煙草《タバコ》入れを抜くと寝起きの一服に火を点《つ》けて、旨《うま》そうに吸った。

「年は取りたくねえもんだな。若い頃は三日徹夜して御用を勤めても、それから遊びにいく元気が残っていたもんだが、もういけねえ、駄目だ。なんだか、膝あたりに空《から》

っ風が吹き抜けて寂しいや」

「膝が寂しいとはどういうことです」

「菊小僧よ、あいつの温《ぬく》もりが恋しいぜ」

宗五郎が苦笑いして、もう一服煙草を吹かした。

「この家のどぶ鼠は、妾宅になんぞ隠していやがったか」

「お梅の所持金が七十八両余り出てきたくらいで、あとはございません」

よし、と宗五郎が大きな声を出した。

政次は此度《こたび》の探索は事件の真相を解明することより、南町奉行根岸肥前守鎮衛《ひぜんのかみしずもり》の役職保全のために動いていることを承知していた。

真相は突き止める。だが、金座裏の判断で握り潰すことになることもあると推量していた。

若い政次には得心ができないことではあった。だが、一方で酒毒に侵された一与力の乱心の咎を三年前に就任した根岸鎮衛がとらされることにも疑問はあった。

須藤吉五郎が引き起こした騒ぎの中で一番問題になるのは間違いなく硝石を御城近くの八丁堀に持ち込み、硫黄《いおう》や木炭と混ぜて火薬を製造していたことだ。幕府が鉄砲に神経を尖《とが》らせてきたのは周知のことだ。

大砲や鉄砲の発射薬となる黒色火薬の製造を一与力がしていて、奉行が見逃していたとしたら、幕閣の沙汰《さた》は明確だった。

「下々に通じた南町奉行根岸」

の巷の評判はよかった。

部下の責めを負って辞職に追い込まれる、いや、御家廃絶、身は切腹の事態を察した根岸は、幕府開闢《かいびゃく》以来の金流しの親分に、

「事件の解決」

を委《ゆだ》ねたのだ。

宗五郎もまた須藤の愚かな行為で有為《ゆうい》の南町奉行が失脚する愚を考えて、大胆な行動をとったのだ。

「さて、そろそろ葛西様と今泉の殿様がお見えになるころだ。おめえならどうお二人に報告するな」

「はい」

と答えた政次は、しばらく沈思した。

「一昨夜からの事態を考えますと報告は明らかと思えます」

「明らかか」

「酒毒に侵された須藤様が一家五人を斬り殺したことも火を放《はな》ったことも、隣家の新保様が証言なされましょう。須藤吉五郎様は、決して早助なんかに匕首で腹を抉《えぐ》られて死んだのではございません。一家を道連れにした咎を自裁してことの決着を図られたのでございます。こうなれば須藤家の当主吉五郎乱心で決着をつけるしか他に道はございますまい」

「それで須藤家の奉公人ども四人が死んだ騒ぎはどう説明するな」

「予《かね》てより主の行状を案じていた用人佐竹壱兵衛、中間早助、老女中の三人は、騒ぎが起こったとき、主の行状を阻止できなかったと奉行所や目付《めつけ》に調べられることを恐れ、須藤家の所持金を奪って一旦《いったん》この妾宅まで逃れ、酒盛りをしているうちに所持金の分配を巡り、口論になった。このことは事実にございます」

「事実な、それで」

「妾のお梅は、佐竹が奪い取ってきた金子のすべてを独り占めすべく石見銀山を猪鍋や熱燗の酒に混ぜて三人を毒殺した。これも事実にございます」

「おれたちが見聞したとおりだ」

「そこへ私どもが駆け付けて、脇差で斬りかかろうとしたお梅を親分が叩き伏せられた」

「手加減なしだぜ」

「葛西様と今泉様のお二人だけ、この現場にお呼びになったのは、お二人が此度の事件の重大性を承知と察しておられるからにございましょう。親分は根岸様のことを思うて、お梅を裁かれた」

「そうは分かっていても、あのお二人にも言えまい。年寄りってのは困ったものさ、力の入れ加減が分からねえや。おれはお梅の脇差を振り払おうとしただけだが、咄嗟《とっさ》に九代目宗五郎も耄碌《もうろく》したってわけだ」

と答えたところに玄関先に人の気配がして、

「親分、南町の葛西善右衛門様と北町の今泉修太郎様と、今お一人、南町奉行根岸様内与力《うちよりき》土屋《つちや》正左衛門《しょうざえもん》様をお連れ申しました」

という八百亀の声がした。

内与力は奉行直属の与力ではない。

旗本根岸家の家臣で主が町奉行職に着任すると数人の者が根岸の秘書団を形成して働く。根岸家の家臣ゆえに根岸が職を辞したときには、根岸に従い奉行所を去り、屋敷に戻る。

土屋の同行は根岸の身を案じてのことだ。

「ご苦労だったな。お三人に座敷に通ってもらえ」

と宗五郎が応じ、政次が玄関に出ていった。

南北両奉行所の二人の与力と内与力の土屋が凶行の現場に案内されてきて、立ち竦んだ。二人の与力は言葉もなく息を呑《の》んで地獄絵図を見下ろしたが、初老の土屋は蒼《そう》白《はく》な顔面が引き攣《つ》って、五体が震えていた。

「金座裏、この者たちは」

と今泉修太郎がようやく尋ねた。

「この長屋は、須藤様の用人佐竹壱兵衛の妾宅にございましてな、騒ぎの最中《さなか》、佐竹用人は須藤家の所蔵金八百三十両余りをかっさらってこの家に逃げ込んできたのでございますよ」

「なんとあの騒ぎの中でそのようなことが」

「いくら奉公人を探しても見つからぬ筈よ」

と二人の与力が言い合った。

「で、この者は」

と葛西が早助を指差した。

「こいつは中間の早助、もう一人の老女は女中のおやえ、こやつら三人が結託して火事場荒らしをしのけたのでございます」

「なんとのう。で、この女が妾か」

「へえ、品川宿歩行新宿の飯盛《めしも》り上がりでございましてな、この三人の話を聞いて、八百余両の金子を独り占めにしようと石見銀山を猪鍋と酒に混ぜて殺しやがったんで」

「毒婦ではないか」

「いかにも葛西様」

「この者の始末はだれがつけたな」

「へえ、わっしらが駆け付けたのを見て、お梅が狂ったように旦那の脇差を振って斬りかかりましたので。わっしが軽く叩き伏せようと思いましたが、力加減を誤って殺《あや》めてしまいました。腕には年を取らせないと思うていましたが、宗五郎も老いましてございます。お梅の一件はわっしの失態、いかようにもお裁きをお受けいたします」

宗五郎は言ったが、葛西も今泉もなにも答えない。それでも葛西が口を開いた。

「宗五郎、須藤家の諸々《もろもろ》を承知の奉公人はまだ残っておるか」

「いえ、これですべてにございます」

と答えた宗五郎が、

「政次、須藤家の所蔵金とお梅の金子を葛西様にお渡し申せ」

　と命じた。

「宗五郎親分」

　と土屋が声を絞り出した。

「火事騒ぎの中で豆が爆《は》ぜるような音がしたと聞くが、その一件はいかが」

「土屋様、火事場というものはあれこれと物音やら臭気やらがするものでございますよ。大方、庭に生えていた竹に火が入って爆ぜたかなにかしたのでございましょう。火事場は明日には鳶《とび》の手できれいさっぱりとした更地《さらち》になります。それでようございますね」

　宗五郎は土屋を、葛西を見た。

「金座裏、こうなれば後始末は南町奉行所にお任せするのが宜《よろ》しかろうと思うが、どうだ」

　と今泉修太郎が宗五郎に話しかけた。

「いかにもさようでございます」

　と応じた宗五郎が、

「葛西様、なんぞご不明の点がございましたら、いつでもお呼び出し下され。宗五郎、南町に駆け付けます」

「宗五郎、この場の様子とそなたの話でおよそのことは説明がついた。須藤吉五郎が死んだ今、これ以上の詮索《せんさく》は無用、乱心者には奉行所も御目付も手が出せんでのう」

「いかにもさようにございます。わっしらはこれで」

と引き上げる宗五郎に内与力の土屋が腰を折って深々と礼の意を示した。

仙台堀に彦四郎の猪牙舟が止まっていた。

「彦四郎、あれこれと御用をさせたな」

猪牙舟に今泉修太郎、宗五郎、政次、そして、八百亀の四人が乗り込み、上之橋に向かって漕ぎ出された。

猪牙舟の艫《とも》から朝日が上がってきた。

「宗五郎親分、二日続きの徹夜じゃそうな」

「いかにも今泉様、年寄りには応《こた》えます」

「そなたのお陰で南町奉行根岸肥前守鎮衛様のお首がつながったのだ。二晩つづけて徹夜のし甲斐《がい》があったというものではないか」

と今泉修太郎の呟く声が川風に流れて消えた。

三

宗五郎は金座裏に戻ると南町奉行所の硝石会所見廻りの同心二人が、宗五郎を訪ねてきたかどうか問うた。だが、訪ねてきた様子はないという。

宗五郎は南町奉行所に二人の同心が軟禁されて厳しい取り調べを受けているなと思った。

「政次、八百亀、この足で湯に行かねえか」

宗五郎は二人を連れて町内の湯屋に行き、火事場の汚れと徹夜の疲れを癒《いや》すことにした。

「親分、お疲れの様子だ」

と三助《さんすけ》の市造《いちぞう》が気を利かせて背中を流してくれた。

「すまねえな。無理が利かなくなったかね」

と言いながら老練な三助の腕に背を委ねていたが、いつしかうつらうつらと眠りに落ちていた。

「若親分、いよいよおまえ様が踏ん張らなくちゃあならねえ時代がきたぜ」

「なんのなんの、これで九代目はまだまだ元気ですよ」

「そうかねえ、こくりこくりとしてござるがね」

と市造がいうとおり、宗五郎はなんとも気持ちよさそうだった。

湯屋から金座裏に戻った宗五郎は、朝餉《あさげ》をそこそこにして寝間に行き、次の朝まで熟睡した。

「ふうっ」

と布団の中で気持ちよさそうに両の手足を伸ばした様子におみつが、

「おまえさん、目を覚ましたかえ」

「よう眠った」

「ごうごうと鼾を掻いてさ、眠り込んであのまま死んでしまうんじゃないかと思ったよ」

「鼾を掻いているのは生きている証拠だ」

「いやさ、先々代が脳卒中で倒れたとき、三日二晩ごうごうと地鳴りのような鼾をしたあと、息を引き取ったとおっ義母《か》さんに何度も聞かされたからね」

「七代目の爺様と一緒になるものか。おれは徹夜の御用でいささか体がくたびれただけだ」

「いくら疲れたからといって、昨日の朝から今朝までずっと寝っぱなしだよ」

「なにっ、一昼夜眠り込んだか」

「はいよ、それもお天道様は高いところにありますよ」

「それは驚いた」

寝床の中で起き抜けの一服を実にうまそうに吹かした宗五郎は、陽射《ひざ》しがあたる縁側に行き、

「菊や、菊はどこだえ」

と菊小僧を呼んだ。すると台所のほうからのっそりと雄の三毛猫が姿を見せて、宗五郎の膝の上に丸まった。三毛猫は雌だけだと思われているが、希《まれ》に雄もいた。その珍しい雄が菊小僧だ。若い亮吉《りょうきち》らのちょっかいには嫌がる菊小僧は、宗五郎の膝がいたく気にいった様子で喉を撫《な》でられて目を細めたり、膝の中で腹を見せたりしてじゃれてみせた。

しほが淹《い》れ立ての茶と梅干を載せた小皿を運んできた。

「若い連中はどうしたえ」

「町廻りにでかけています」

「政次もか」

「いいえ、政次さんは北町から使いをもらって数寄屋橋に出向いております。見習い同

心の池谷《いけたに》様の口上は、親分か若親分のどちらかに足労をともうされますので政次さんが出向きました」

「すまねえ、おれが眠り呆《ほう》けていたばかりに政次の仕事を一つ増やしたか」

宗五郎が気にして、茶碗を掴《つか》み、一口啜《すす》った。

「茶が甘く感じらあ。こりゃ、いい辻占《つじうら》かね」

「親分」

「なんだ、しほ」

「親分はまだまだお元気にございます。それでも時に、ふうっと溜息を吐いておられることがございます。どこぞ体が悪いということはございませんか」

しほが日頃から気になっていたことを聞いた。

「なに、おれが時に溜息をな、当人はまるで気付かなかったぞ。どことといって悪いところはねえと思うがね、長年の御用の疲れが年とともに出やがったか」

「きっとそうですよ。そこで政次さんや八百亀の兄さんとも話したんです。余計なこととは承知ですが本式な冬が来る前に箱根か熱海《あたみ》におっ義母さんとお二人で湯治にいくというのはどうでございましょう。積年の疲れもさっぱりと取れるんじゃないかって、政次さんも言っているんですよ、お義父《と》っつあん、どうですね」

「湯治な」

と呟いた宗五郎が初冬の陽射しに目をむけて、

「おれは別にして、おみつがうんとはいうまいぜ。あいつは若い時から湯治なんて辛気《しんき》くさいと嫌っていたからな」

その時、台所からおみつが姿を見せた。

「おまえさん、もう私たちも若くはないんですよ。箱根か熱海、悪くはないよ。何年前でしたか、松坂屋《まつざかや》の松六《しょうろく》のご隠居さんに誘われて伊香保《いかほ》に湯治にいって、宗旨変えをしたんですよ」

遅い朝餉の膳を運んできたおみつが台所でしほとの会話を聞いていたらしく、二人の話に加わった。

「こりゃ、驚いた。知らぬは亭主ばかりなりか」

「いけないかねえ」

とおみつも熱心に勧めた。

「おみつ、おめえ、箱根や熱海に行ったことがあったかえ」

「六郷の渡しの向こうに行ったのは川崎の御大師様《おだいしさま》にお参りしたのが一度きりあるだけですよ」

「そうか、箱根も熱海も知らないか」

「わたしゃ、金座裏界隈で生涯を閉じると思ってましたがね、しほに言われて若い人の話を聞くのも年寄りの務めかと思ったんですよ」

「おどろいたぜ、おめえがそんな気になるとはな」

「私たち、世間様では立派な年寄りですよ」

「いかにもさようだ、そうは分かっているがな」

「嫌なのかえ、おまえさん」

「熱海も箱根も御用で足を伸ばしたきりだ、いつのことだったか。湯治なんて考えもしなかったからな、冥土《めいど》の土産に夫婦で弥次喜多《やじきた》道中をやるか」

「夫婦で弥次喜多は可笑《おか》しかろう。ともかくさ、老夫婦で鼻を突き合わせているのは直ぐに飽きますよ」

「といって、手先を連れての湯治というのもな」

「荷物持ちに一人くらい連れていったほうがなにかと便利ですよ」

「退屈しないのは亮吉だがね」

「まあ、そのへんの供選びはあとで考えるとして、豊島屋《としまや》のご隠居も松坂屋の松六様も誘ってみますか」

「こりゃ、大袈裟《おおげさ》な話になりやがったぜ。大山参りじゃねえが大勢の年寄りで六郷を押し渡るか」

「きっと豊島屋の隠居も松六様も喜ばれます」

「箱根は紅葉の盛りかね、箱根の湯に七日の一巡り、熱海におりてまた七日間の一巡りの湯治でおよそ二十日の長旅か。呉服橋がお許しになるかね」

「長年、北町奉行所のために骨身を惜しまず働いてきたんですよ。お奉行様だって、嫌《いや》とは言われまいじゃないか」

北町奉行の小田切直年《おだぎりなおとし》とは、八丁堀の大騒ぎで会ったばかりだ。

小田切の命《めい》で南町奉行根岸鎮衛のために二晩徹夜をしたばかりだ、嫌とは申されまいという推測はついた。

「おまえさん、金座裏はもう政次の代だよ。二十日や一月《ひとつき》の留守、政次のことですよ、ぬかりなく務めますって」

「そうか、そうだな」

「おまえさん、その気になったかえ」

「おみつに内堀も外堀もこう埋められては仕方あるめえ」

それにしてもおみつがいつになく湯治行きに熱心だった。

「ならば、豊島屋さんと松坂屋さんに話していいかね」

「政次の考えも聞かなくていいか、おみつ」

「改めて聞くまでもないよ」

「宗旨変えとはいえ此度ばかりはえらく張りきりやがったな、おみつ」

ふっふっふ
とおみつが忍び笑いをした。

「あら嫌だ、おっ義母さんたら、忍び笑いなんかしてますよ」

「おまえさん、しほ、事のついでに今一つ頼みがあるんだがね」

「なんだ、改まって」

「しほを湯治に伴おうと思うのだが、だめかね」

「えっ、私をですか」

しほがまず驚いた。

「おみつ、魂胆がありそうだな」

「聞かないことにはしてくれませんかね」

「理由《わけ》も話さずしほを湯治に連れ出すのを政次がどう考えるかね。おれたちの我儘《わがまま》と受け取られるぜ」

「説明するとなると、政次としほに余計なお節介をと怒られそうだよ」

しほはなんとなくおみつの考えが分かった気がした。

「そりゃ、しほが一緒なら豊島屋の隠居夫婦も松六様夫婦も喜ばれようじゃないか。だが、金座裏におれたち夫婦ばかりかしほが一度にいなくなっては、三度の飯もままなるめえ」

「おまんまなんて女衆がちゃんとやりますって」

うーむと宗五郎が考え込み、

「しほはどうだ」

としほに矛先《ほこさき》を振った。

「おっ義母さんは私の腹にやや子が宿らないことを気にして、湯治に連れていこうと考えなさっておられるのではございませんか」

「おまえさん、湯治にいって体を温めると子宝に恵まれるとよくいうじゃないか」

「しほの身を気にしてのことか。だがな、おみつ、しほが政次と祝言《しゅうげん》をあげてまだ半年だぜ。そう、子を急《せ》かされてもこればかりは天の授かりものだ。政次としほの気を重くしてもならないぜ」

「そうは分かっているんですよ」

「ならば、もちっと静かに見守ってやりねえな」

おみつが、ふうっと息を吐いた。

「親分の溜息がおっ義母さんに移りましたよ」

としほが明るく笑ってみせた。

「しほ、すまない」

「おっ義母さんが謝ることなんかなにもございません」

「しほ、私がこの金座裏に嫁にきて二十年になるかね、いつかはいつかはと子を夢見てきて、とうとうこの年になっちまいましたよ。九代目で金座裏も終わりと、宗五郎と言うともなく覚悟を決めました。そんなところに富籤《とみくじ》を引き当てて、政次としほがうちに来てくれた。これ以上のことを望んではいけないと思いながら、私たちが元気なうちに十一代目の顔を見たくてね」

「おみつ、気持ちは分かる。が、これぱかりは最前言ったとおりだ。若い二人に任せるのがこの際、おれたちがとるべき道だ」

宗五郎が言い切り、朝餉の箸《はし》を取り上げた。

「親分、おみおつけを温め直してきます」

と膳から汁椀をとったしほが、

「おっ義母さん、政次さんと相談してみます」

と元気よく答えて縁側から台所に姿を消した。

政次が金座裏に戻ってきたのは、昼過ぎのことだ。なんと南町奉行根岸鎮衛のお忍び駕籠《かご》に付き添ってのことだった。根岸には二人の同心が付き添っていた。

座敷に通された根岸が磊落《らいらく》な態度で、

「金座裏を訪れたのは祝言以来のことであったな」

と迎えた宗五郎に言いかけると、ぴたりと宗五郎の前に座し、

「宗五郎、これで根岸鎮衛も御家人《ごけにん》百五十俵に逆戻りと思うたが、そなたの働きで助かった。このとおりだ」

と頭を下げようとする根岸を、

「南町奉行の根岸様の座があのていどのことでぐらりともするものですかえ。どうかそのような真似はおよしになって下さいまし」

と押し止《とど》めた。

「いや、御家人に戻ればよし、根岸の御家断絶身は切腹も覚悟致した。なにしろ江戸町民を守るべき町奉行所の与力が御城近くの八丁堀で火薬を拵《こしら》えていたのだからな」

その場には根岸と宗五郎の他に政次しかいなかった。

「根岸様、すべて決着はつきましたか」

「ただ今下城してきたところだ。八丁堀の火事騒ぎ、与力が乱心で家族五人を皆殺しにした上に、火まで放った騒ぎだ。幕閣でも厳しい詮議があったがな、須藤吉五郎は乱心、騒ぎに乗じて須藤家の金子を盗んだ用人ら三人は用人の妾に毒殺され、その妾は宗五郎、そなたが始末したというので、それ以上の詮議には至らなかった」

「なによりでございました」

「そなたが須藤家の地下蔵を素早く埋めて痕跡《こんせき》を消してくれたでな、硝石会所見廻り与力の所業は表沙汰にされることはなかった。むろん厳しい詮議を望まれたお方もあったが、そなたらの迅速な行動で用人一味が始末されたことと、須藤家の所蔵金八百三十余両と妾が貯め込んだ金子合わせて九百両あまりを回収致し、この金子は八丁堀の再建費用にあてられることが決まったこともあってな、それがしの責任までは追及されなかったのだ」

「根岸様の日頃のご公務の評判を幕閣の方々が承知なされていたからにございますよ」

「むろん部下の監督不行きとどきにて厳重な注意は頂戴した。じゃが、これからも南町奉行の職務を遂行することに相《あい》なった」

「祝着至極にございます」

と宗五郎が祝いの言葉を述べた。

「政次からそなたがお梅を始末した経緯を聞いた。嫌な思いをさせたな」

「なんのことがございましょう。あの女、石見銀山で悪人ばらとはいえ三人を殺した毒婦にございますよ」

頷いた根岸が、

「さすがに金座裏の九代目、やることが手厳しいな。そなた、佐竹用人ら三人が自滅するのを妾宅の庭で待っていたのではないか」

「お奉行様もお人が悪うございますね、御用聞きは人助けがお役目にございますよ。いえね、初冬とはいえ、庭は寒うございましてな、つい機敏に立ち回れなかっただけにございますよ。宗五郎もいよいよ焼きが回ったようでございましてね、最前も女房や嫁から、親分、湯治にでもいって元気を取り戻したらと説教を食ったところです」

「そう聞いておこうか」

と言った根岸が同道してきた硝石会所見廻り同心二人をその場に呼んだ。

「須藤支配下の同心の友近勇助《ともちかゆうすけ》、同じく池村兵庫《いけむらひょうご》である」

二人の同心の顔色は土気色《つちけ》で疲労困憊《こんぱい》というより恐怖に怯《おび》えていた。

「友近、池村、そなたらの命、助けたはこの根岸ではない。金座裏の親分が身を張った結果、助命されたのだ。そなたらが役目のなんたるか、承知であれば須藤吉五郎一家も死ぬこともなかったかもしれぬ」

「は、はあっ」

と二人の同心が宗五郎の前の畳に額を擦《す》り付けた。

「この者どもは蹲《つくば》い同心見習いとして修業をやり直させる。それで許してくれぬか、宗五郎」

蹲い同心とは白洲《しらす》の砂利に控える同心で一番嫌がられる職務であった。

「おまえさん方、お奉行根岸様のお気持ちを無にしちゃなりませんぜ」

というに留《とど》まった。

宗五郎は火事場で南北両奉行に事の解決を頼まれたとき、まず須藤の下に就いていた二人の同心との面会を望んだ。だが、事件が急転直下進んだこともあって、宗五郎は金座裏に戻ることはなかった。だが、戻っていたとしても友近も池村も南町奉行所で厳しい詮議を受けていて、金座裏には姿を見せていなかったのだ。

「は、はあっ」

と再び同心二人が畏《かしこ》まり、根岸の顔が和《なご》み、

「金座裏に大きな借りが出来たな」

と笑いかけた。

「お奉行様、そんな話じゃあございませんや。ご放念下さいましな」

と宗五郎が磊落に応じて、

「ならば、そなたの厚意有り難く根岸鎮衛頂戴しておく」

というとようやく緊張を解いたようで、

「若親分、茶を一杯もらえぬか」

と願ったものだ。

四

この日の夕暮れ前、しほは政次と一緒に松坂屋を訪ね、松六とおえいと面会した。

おみつの代理で湯治旅を打診するためだ。松六は、

「なに、宗五郎さん夫婦が湯治に行きなさるのか、その道中に私たちをお誘いだって。こんな安心な旅はありませんよ、行きます」

と二つ返事、おえいもまた、

「だれがなんといおうと私も参ります。箱根から熱海はもう一度死ぬ前に行きたいと思っていたんですよ」

と一も二もない返答だ。

「ご隠居様、日程にご注文はございますか」

「若親分、明日から行くと金座裏がいわれるならば一晩で仕度しますよ」

と松六が張り切った。

政次は豊島屋とも相談して宗五郎の体が空き次第ということで松坂屋を辞去しようと店に戻ると、松坂屋の大番頭の親蔵《しんぞう》が、

「若親分、しほさん、仲睦《むつ》まじい様子でなによりですな、私どもを喜ばせる話はございませんので」

と聞いてきた。

政次は親蔵の指導の下で厳しい呉服屋奉公してきたのだ。だから松坂屋の大勢の奉公人も店を訪れていた客も政次とは親しい仲で、あちらこちらから声がかかった。二人は会釈をそれぞれに返しながら、

「大番頭さん、御用に追われてそのような話はございません。もしそのような兆候がございましたら、松坂屋さんには真っ先に知らせに参ります」

「そりゃ、そうですね。なんたって松坂屋は若親分の実家みたいなもの、平たくいえば古巣ですからね。私どももその時を楽しみにしていますよ」

と如才ない親蔵の言葉に首肯《しゅこう》した二人は、店を出た。

江戸一番の繁華な通りを抜けて日本橋を渡ろうとしたとき、しほが政次に言い出した。

「おっ義母さんからしほ、おまえも一緒に湯治に行かないかと誘われたの」

政次は、しほの声音に憂《うれ》いがあるのを察知して、顔を振り見た。

「いえ、おっ義母さんは私たちの間に子供ができる兆《きざ》しがないのを案じて、湯治にいけば子宝に恵まれるかもしれないと誘われたのよ」

「そういうことか」

「私一人だけが湯治にいって子が授かるとも思えないけど」

と呟いたしほが、

「あら、なんてはしたないことを」

と慌てて顔を赤らめた。

「しほ、親分が湯治にいくなど滅多にないことだ。いや、これが最初で最後かもしれない。親分と私が一緒に御用を休むわけにはいかないがね、子宝なんてことを気にせず、ご隠居方と箱根と熱海を楽しんでくるのも悪い話じゃないよ」

「政次さんに悪いな」

「私がしほと一緒に湯治に行けるのは、御用を無事に勤めあげた何十年も先のことだよ。きっと親分とおっ養母さんも初めて一緒にいく湯治旅だよ。何度もいうが、こんな機会は滅多にあるもんじゃない。しほ、思いきって一緒しないか」

政次の勧めにしほが考え込んだ。

龍閑橋を渡ろうとしたとき龍閑川を彦四郎の漕ぐ猪牙舟が遠ざかっていくのが見えた。櫓《ろ》の動かしようからして時間に迫られた客を乗せているのか。見る見る猪牙舟が小さくなった。

鎌倉河岸《かまくらがし》には堀端から冷たい風が吹き上げて、この界隈の名物の老桜の黄ばんだ葉を落としていた。

「いらっしゃい」

と小僧の庄太《しょうた》とお菊《きく》に迎えられて豊島屋に入ると、店はまだ刻限が早いせいか客は三分どおりの入りだった。だが、馴染《なじ》みの駕籠屋兄弟はすでに定席を占めていた。

「なんだい、こんな刻限からよ」

お喋り駕籠屋の弟の繁三《しげぞう》が聞いた。

「ご隠居さん夫婦に相談ごとだよ、繁三さん」

「まさか斎肌帯《いはだおび》をうんぬんって話じゃあるまいな」

と繁三がいい、しほに睨まれて首を竦めた。

「若親分、しほさん、邪魔が入らないように小上がりに上がって下さいな。直ぐにご隠居さんをお呼びします」

とお菊にあとを任せた庄太が心得顔に奥に消えた。

「この界隈じゅうが監視しているみたい」

しほがいささかうんざりとした声で言った。

「それがこの界隈の人のいいところなんだ。それだけしほが皆さんから好かれているってことなんだからね」

「分かっているんだけど」

そそくさとした足取りで清蔵《せいぞう》が姿を見せ、そのあとを悠然ととせが現れた。

「しほ、子が出来たという知らせではあるまいね」

「ご隠居、その問いは禁句ですよ。しほはあちらこちらで聞かれてうんざりしているところですよ。話は違います」

と前置きした政次が事の次第を述べる途中から豊島屋の清蔵が、

「私どもはだれがなんといおうと参ります」

とせっかちに賛同し、とせもまた、

「しほさん、おまえさんも一緒するんだろ。親分とおみつさんが一緒する湯治なんて金輪際《こんりんざい》ないよ。こりゃ嫁のおまえさんが従うのは務め、親孝行と思ってさ、私たちと一緒に行こうよ」

と言い出し、さらに張り切った。

「伊香保以来の湯治旅ですよ。あんときゃあいろいろな出来事がありましたよ。そうそう、まだしほさんがうちに働いていたときで、道中の景色や出会《でお》うた人を描いた『伊香保湯治旅のつれづれ』と題して絵の展示がうちで開かれたっけ。あれは評判を呼んだよ。しほさん、今度もおまえさんが同行して絵を描いてくれると、道中の様子がよう分かって、またこの界隈の評判になるよ」

とせの言葉に大きく首肯した清蔵もしほの同道を言い出した。

しほが政次を見た。

「しほ、どうやら決まったようだな」

と政次が笑った。

「政次さん、おっ義母さんと私の二人が抜けて金座裏は大丈夫かしら」

と案ずるしほに土間からちょっかいが入った。

「しほちゃん、おまえさんの留守に政次若親分が浮気をするなんて考えてねえだろうな。なにしろ若親分にはこの界隈でよ、金座裏の若親分は容子《ようす》がいいよ、私、政次さんとなら苦労がしてみたいなんて、娘がごろごろいるからな」

「お喋り駕籠屋、黙っておいで。おまえに誘いがかからないからといって、嫌がらせを言うんじゃないよ。これ以上つべこべ口を挟むと店から追い出しますよ」

と清蔵に一喝された。

「くわばらくわばら、おりゃ、冗談いっただけなのにな」

繁三がぼやくと猪口《ちょこ》の酒を飲み干した。兄貴の梅吉《うめきち》は繁三と異なり無口で、清蔵の一喝をにやにやと笑って聞いていた。

「兄い、おれたち、いつになったら湯治旅なんていけるかね」

「湯治だと、町内の湯屋にだって何日も行ってねえぞ」

とぼそぼそと梅吉が答え、ちょうど店の暖簾《のれん》を分けて豊島屋に入ってきた亮吉が聞いていて、

「兄弟駕籠屋、嫁もこねえわけだ。汗を掻く仕事の駕籠屋がよ、何日も湯に入ってないんだと。江戸っ子の風上にもおけねえや」

と言い放った。

「どぶ鼠、嫁がこないって、おまえだって一緒じゃねえか。こちとらのことを心配するよりてめえの身を案じろ」

「やい、繁三、この亮吉様はな、女なんぞは箒《ほうき》でぱっぱっと掃いて捨てるくらいいるんだよ。おまえらと一緒にするねえ」

と啖呵《たんか》を切った。

亮吉のあとから常丸ら金座裏の若手の面々が姿を見せた。政次としほが豊島屋にいることを知ってのことだろう。

「威勢がいいな、独楽《こま》鼠」

と町内の鳶の小頭の馬之介《うまのすけ》が茶々を入れた。

「小頭、知らなかったか。政次若親分がしほちゃんと所帯を持って以来、このおれ様に風向きが変わってきたんだよ」

と調子に乗って答えた亮吉の目にお菊の姿が入り、亮吉が急に狼狽《ろうばい》した。

「お、お菊ちゃん、こりゃ、ほんの冗談、男同士の挨拶《あいさつ》なんだよ。気にするんじゃないぜ」

「あら、亮吉さん。なぜ亮吉さんがもてることを私が気にしなきゃあならないんですか」

「えっ、あっ、だから、ほれ、おれたちは同じむじな長屋の住人じゃないか。いわば家族同然の仲だよ、そうだろ」

「せつおばさんがうちの鼠は金座裏の二階に巣食って家を忘れたって、いつも嘆いているわよ。それでもむじな長屋の住人といえる。偶《たま》にはおっ母さんのところに戻っておやりなさい」

「お菊のいうとおりだ、おまえには若い娘なんぞ似合わねえや。お袋のしなびたおっぱいでも飲ましてもらいに帰れ」

「繁三、もう許さねえ」

「やるか、どぶ鼠」

二人が腕まくりをするのを常丸と馬之介がぐいっと双方の帯をとってその場に座らせた。それでも亮吉がお菊のことを気にした。

「お菊ちゃん、それには理由があんだよ。ここんとこ御用繁多《はんた》で長屋に戻る暇もねえし、おれが使い勝手がいいからって親分が許しをくれないのさ。親分とおかみさんが湯治に行くって小耳に挟んだから、そんときゃ、むじな長屋にきちんと戻るよ」

「なにをどぶ鼠が言い訳してんだか。いいかね、亮吉、親分が金座裏を留守にされるときこそ、子分は若親分と一緒に金座裏に待機して御用に備えるのが務めだろうが。物事を履きちがえるんじゃないよ」

亮吉は清蔵に叱《しか》られた。

いつもの豊島屋の光景だった。

大半の客がこのやりとりをにやにや笑いながら酒のつまみにしていた。

「あああ、いいな、湯治旅だって。おれ、荷物持ちでついていこうかな」

「亮吉は十年、いやさ二十年は早いよ。繁三と一緒に町内の仕舞い湯にでも浸《つ》かっていな」

「ああいえばこう叱られる。物いえば唇寒し秋の風か」

と亮吉がどさりと小上がりの上がり框《がまち》に腰をおろして、

「お菊ちゃん、酒をくんな」

と願った。

「ご隠居、亮吉さんからお酒の注文ですがどう致しましょう」

「下り酒の新酒なんてどぶ鼠には勿体《もったい》ない、客の飲み残しの燗冷ましはなかったかね」

と清蔵が追い打ちをかけて、亮吉がしゅんとした。

「亮吉さん、こっちにいらっしゃいな。政次さんのお酒があるわ」

しほが小上がりに誘い、

「そうだよ、そうだよな。この亮吉をとくと承知なのはしほさんだけだ」

亮吉が草履を脱ぎ棄《す》てて小上がりに這い上がった。

その草履をお菊が黙って揃《そろ》えた。

しほはお菊の態度を見逃さなかった。お菊はしほの後継ぎだ、そのお菊が豊島屋の奉公に日一日と慣れていく様子を知って、なにとなく嬉《うれ》しく感じた。

「皆さん、酒の燗がついたよ」

と小僧の庄太が盆に燗徳利を林立させて運んできた。

「あら、大変、庄太さんだけに働かせちゃった」

とお菊が台所へ飛んでいった。

「しほさん、お菊もようやく店に馴染みましたよ」

「もっともしほさんの後釜《あとがま》になるには何年も修業がいるがね」

と、しほの眼差《まなざ》しがお菊の動きに注がれているのを知ったとせと清蔵が言い合った。

「若親分、まず一杯」

と賑《にぎ》やかに酒を注ぐ亮吉が、

「若親分、あのさ、八丁堀の一件だけど、ありゃ、どうなったんだえ。江戸の町を守る奉行所の与力の屋敷から火が出てよ、須藤様の一家が皆殺しにあったんだろ。近頃、滅多にねえ、大事件なのによ、おれたちに探索の命はなし、いつの間にか話が立ち消えでよ、読売だって一言も書かないぜ。ありゃ、一体どういうこった」

亮吉が硝石会所見廻り与力須藤吉五郎家の悲劇を持ち出した。

「あの話は南町奉行所の持ち分だ。北町奉行所から鑑札をもらう私たちには関わりがないことだ、亮吉」

政次がぴしゃりと答えたが、亮吉は食い下がった。

「ちえっ、親分と若親分と八百亀の兄いはよ、火事場から姿を消して二日も三日も金座裏を空けていたじゃないか。ありゃ、須藤様の一件を探索していたと、この亮吉様は睨んでいるがね」

亮吉の持ち出した一件を政次がどう答えるか、清蔵も興味津々《しんしん》の顔だ。

その時、暖簾を分けて、大きな人影が入ってきた。彦四郎だ。

「おおっ、さむいや。川風が身に沁《し》みるぜ」

と肩を竦める彦四郎に、

「そういえばおめえも親分方と行動をともにしていたな。なにがあったか、一切合切、ばらしてしまえ」

「なんの話だ」

「だから、八丁堀の一件よ」

「若親分はなにか答えられたか」

「ありゃ、南町の持ち分だからこっちは関わりがないとよ。だけど、彦四郎だって、どこぞで夜明かししていたんだろうが」

「亮吉、若親分が南町の持ち分だと答えたのならその話は終わりだ」

「なんだよ、おまえまで」

「亮吉、世の中、詮索していいことと悪いことがあるんだよ。それくらいおめえでも判断がつこうじゃないか。金座裏の手先を何年やってんだ」

「そりゃそうだけどな」

なんとなく釈然としない亮吉の表情だった。

豊島屋に新たな客があった。

「あれ、金座裏の親分さんとおかみさんだ。永塚《ながつか》小夜《さよ》様と小太郎《こたろう》様も一緒だぞ」

と庄太の甲高い声が迎えて、宗五郎とおみつが永塚親子を伴い、豊島屋に姿を見せた。

「お久しぶりにございます、政次さん、しほさん」

と小夜が挨拶して、しほが小太郎を土間から抱き上げて、

「あら、いつの間にかこんなに大きくなっちゃって」

と驚きの声を上げた。

冬が訪れて豊島屋の賑やかな夕べが始まろうとしていた。

亮吉の膝を政次の手が抑え、

「亮吉、最前の話だが、まかり間違っても親分の前で口にしてはならないよ」

と政次が険しい口調で注意した。その顔を見た亮吉ががくがくと頷いた。

半刻後、政次は親分の命で永塚小夜と小太郎を青物役所近くの青物問屋の青正《あおしょう》の離れ屋に送っていった。

小夜は円《えん》流小太刀《こだち》の名手だが、同時に赤坂田町の直心影《じきしんかげ》流神谷《かみや》丈右衛門《じょうえもん》道場の門弟でもあった。つまりは政次と兄弟弟子ということになる。だが、このところお互いがそれぞれの御用や仕事に忙しく、なかなか赤坂田町の神谷道場で顔を合わせる機会がなかった。

「小夜様、なんぞこの政次にお話がございますので」

「親分にはざっと話をしてございます。親分が申されますには金座裏は今や政次さんが実際の親分、政次さんに相談しなされと言われました。そこで若親分にわざわざ送るよう命じられたのでございましょう」

「話を聞きましょうか。が、その前に」

と政次は小夜に手を取られながら半分眠り込もうとする小太郎を背に負った。

「若親分にこんなことまでさせてすみません」

「いえ、なんてことはございません」

と応じた政次は、顔を小夜に向けた。

「半年前でしょうか、新しい門弟が入門なされました。最初は身分を明かされませんでしたが、稽古《けいこ》に通ってこられるうちに浅草元鳥越町の鳥越明神の禰宜《ねぎ》の小竹権之兵衛《こたけごんのひょうえ》様と申されることが分かりました。年は三十三、四でしょうか。代々鳥越明神の禰宜を務められてきたそうな。温厚そうな人物にございます。そのお方がつい先日、私に相談があると申されて稽古の後、一人道場に残られたのでございます」

「なんぞ厄介事でしたか」

領いた小夜が、

「近頃、武家屋敷や寺社で賭場《とば》が開帳されて、お上《かみ》も手を焼いておられるとか」

「いかにもさようです」

　この数年前から急激に武家屋敷や寺社地を利用して賭場が立ち、多くの客を集めて胴元《どうもと》のやくざの親分などの懐を肥やしていた。武家屋敷や寺社地は町方が手を出せない領域だったからだ。

「鳥越明神も賭場が立っておりますか」

　そのようですと答えた小夜は、

「小竹様は私に力を貸してほしい。賭場を仕切る浅草元鳥越のやくざ者の三味線堀《しゃみせんぼり》の六郎兵衛《ろくろべえ》を懲らしめてほしいと懇願されたのでございます。そこで私が寺社の面倒なれば寺社奉行に相談なされませ、と説得したのですが、寺社方に分かれば鳥越明神が廃されると聞き入れられません。ともかくうんといわなければ小竹様が動こうとなされませんので、鳥越明神に伺う約束をしてしまいました」

「この次、賭場が立つ日はいつのことです」

「明晩にございます」

「小夜様、この一件で他に知ることはございますか」

「いえ、賭場帰りの六郎兵衛を懲らしめてくれればよいと申されるだけで、お礼はそれなりにするとも言い残して帰られました」

政次はしばし考えながら歩いた末に、

「道場に何刻伺えばよろしゅうございますな」

「四つ（午後十時）の刻限に」

「私が同道致します」

「若親分、このようなことをお願いして相すみませぬ」

「なんのことがございましょう」

政次は背の小太郎の温もりを感じながら、

（近頃表沙汰にできない御用ばかりだぞ）

と考えていた。

第四話　鳥越明神の賭場

一

政次《せいじ》が金座《きんざ》裏《うら》に戻ると宗五郎《そうごろう》と八百亀《やおかめ》が政次を待ち受けていた。八百亀は宗五郎が呼んだ様子だった。金座裏の先代以来の手先で金座裏の縄張りはいうに及ばず、縄張りの外まで八百亀の知り合いは多く、それだけに事情に通じていた。

「小夜《さよ》様に聞いたか」

「はい」

と答える政次に八百亀が、

「鳥越明神で賭場《とば》が開かれているなんて知らなかったぜ」

と悔しそうに言った。

むろん金座裏の縄張り外で蔵前《くらまえ》橋通りの北側にあった。

祭神は日本武尊《やまとたけるのみこと》で、相殿に東照宮を祀《まつ》っていた。

縁起は、こうだ。

日本武尊が東国平定の折、当時白鳥村と呼ばれていたこの地に留《とど》まったことから白雉《はくち》二年（六五一）に小高い岡に日本武尊を祀った白鳥明神が開創された。

平安時代に源 義家《みなもとのよしいえ》が奥州征伐に向かう折り、この付近まで内海が広がり、対岸に渡る浅瀬も見つからず難渋していると、一羽の鳥が姿を見せて無事に対岸へと導いた。ために里人は白鳥明神を鳥越明神に改め、この地も鳥越の里と呼ばれるようになったという。

その後、第六天神、熱田《あつた》大明神の二社も併せて祀られたことから、鳥越三明神とよばれていた時代もあって、鳥越の里人の守り神になった。

しかし、元和《げんな》六年（一六二〇）幕府は大川右岸の御米蔵建設のために鳥越明神のあった小高い岡を崩して御米蔵埋土に使い、正保《しょうほう》二年（一六四五）浜町矢の倉建設のために鳥越の岡はほとんどとり崩された。

それに伴い、熱田大明神は新鳥越に、第六天神は旅籠《はたご》町、堀田原を経て、浅草橋御門外神田《かんだ》橋北岸に移されて、この地には鳥越明神だけが残ることになった。

社地七百二十九坪余の小さな明神社で、氏子《うじこ》は浅草元鳥越町から三味線堀辺りまでだ。それだけに狭い土地に親しまれた鳥越明神だった。

「わっしは禰宜《ねぎ》の小竹《こたけ》様は知らないがよ、神官さんはとくと承知だ。元々下総《しもうさ》千葉氏の出で、鏑木《かぶらぎ》一族が世襲で務めてこられたのさ。当代はだいぶもうろくなされてな、禰宜の小竹様が代わりを務めておられるんじゃないかね。それで頭を絞って永塚《ながつか》小夜様の手を借りようとされたのだろうよ」

と八百亀が政次に説明した。

「小夜様の門弟になったのは小夜様の腕前と人柄を見定めるためですね」

そんなところかね、と応じた八百亀に宗五郎が、

「いくら小さな鳥越明神とはいえ、町方《まちかた》のおれたちが表立って手が出せるわけじゃねえ。とはいえ、明神社が困っているのを手を拱《こまぬ》いて見ているわけにもいくめえ。まして此度《こたび》は永塚小夜様が巻き込まれていなさる。政次、八百亀、小夜様のために働け」

へえ、と八百亀が畏《かしこ》まり、政次が、

「親分、手配りはいかが致しますか」

と宗五郎に尋ねた。

寺社方の領分に首を突っ込む話だ、宗五郎の知恵なくては動きがつかない。

「おれが寺社には内々にご相談申し上げる。おまえは八百亀と一緒に三味線堀の六郎《ろくろ》兵衛《べえ》って胴元を調べねえ」

「親分、三味線堀の親分の先代の六郎兵衛とは、おりゃ、顔見知りの仲だった。人徳のある温厚な好々爺《こうこうや》でさ、鳥越明神のよ、六月の夜祭の神輿渡御《みこしとぎょ》なんぞには神輿の先頭にたって提灯《ちょうちん》もって先導するような親分だったぜ」

「明神社の境内で賭場なんぞを立てるような親分ではなかったんだな」

ないない、と八百亀が手をひらひらと横に振った。

「六、七年前、親分が七十ぃくつかの長寿を全《まっと》うしてよ、死んだとき、あの界隈《かいわい》の住人が弔いに大勢参列してよ、浄念寺の墓まで見送ったほど親しまれていなさった」

「当代とはえらい違いだな」

「先代には跡継ぎに男がいなくてよ、出戻りの娘のおきえ一人がいるだけだ。この出戻りが流れ者の新三郎《しんざぶろう》って男と理《わり》ない仲になり、一家に入れて親分を名乗り始めたと思いねえ、二、三年前の話かねえ。それから三味線堀一家ががらりと変わってよ、半ちくな一家になりやがった。古い子分たちは新三郎とおきえの阿漕《あこぎ》についていけず、一人ふたりと離れて、今は先代子飼いの子分は残っていめえよ。新三郎とおきえはそれをいいことに無宿者なんぞを三味線堀の一家に入れて、ただ今じゃあ、子分の数は三、四十人、武者修行崩れの剣客が三人ばかり居候《いそうろう》してな、威勢を誇っていらあ。いけすかない、強面《こわもて》の三味線堀の新六郎兵衛ができあがったってわけだ。それにしてもだ、一家が氏子の鳥越明神でよ、まさか新三郎が金儲《かねもう》けの賭場を開いていようとは、さすがの八百亀も知らなかったな」

さすがに八百亀は老練な手先だ、縄張り外の事情まで承知して宗五郎と政次に披露した。

「それだけの阿漕を寺社方が知らないわけではあるめえ。新三郎から与力同心《よりきどうしん》に口止め料が流れているな」

「間違いねえ。寺社奉行は腰かけ仕事で四人もおられる、それだけに事《こと》なかれだ」

先任は脇坂淡路守安董《わきざかあわじのかみやすただ》で、松平周防守《すおうのかみ》康定、堀田豊前守《ぶぜんのかみ》正穀、そして、阿部播磨守《はりまのかみ》正由の四人だ。

一番の新任は武蔵国忍《おし》藩十万石城主阿部正由で、この七月に就任したばかりだ。また堀田も寛政十二年に寺社奉行に就いたばかりで、一年余りしか経っていない。四人の寺社方の中で職務を心得ているのは寛政三年に奏者番《そうじゃばん》から転じた、播磨龍野《たつの》藩五万一千石の城主脇坂安董だけといってよい。

なにより将軍より寺社奉行を承《うけたまわ》るとき、

「いい談じて念を入れてつとめい」

と念を押されるのが習慣だった。いい談じてとは、先任の奉行同僚によく相談してという意味だ。四人の寺社奉行がいても先任の脇坂の意向がまず尊重される。

このように幕府の三奉行、寺社奉行、勘定奉行、町奉行のうち、寺社方だけが五万石から十万石の大名から任命され、残りの二奉行は直参旗本《じきさんはたもと》からの選任だ。

つまりは寺社奉行を拝命するのは皆、

「殿様」

だった。

寺社奉行は幕府中枢への出世の階段の一つ、自らが在任中に大きな失態がなければ、それでよしとする職掌ともいえた。ために町奉行のように与力同心を配下に従えることはなかった。

寺社方に就いた大名家では家臣の中から手留役、寺社役、取次、大検使、小検使の役職を、二十数名ほど選んで連れていく。これらの寺社方役人は主が寺社奉行をやめれば当然主と一緒に寺社奉行の役人を辞任した。

奉行が変わるたびに新しい役人が命じられるのでは寺社方の仕事を覚える暇もない。しばしば辞職が繰り返されては物慣れない。

そこで十数年前の天明八年（一七八八）に評定所の留役を寺社奉行所手付として常勤させ、事務方が中断するのを防ぐことにした。

この常勤の役人が四人の寺社奉行にそれぞれ一人ずつ付き、実際の職務を遂行した。

これら常勤の中で役高百五十俵二十人扶持《ぶち》の吟味物調役が実務の最高位であり、残りの手留役、寺社役などはそれぞれの寺社奉行の家臣が相務《あいつと》めた。

御用の節、実際に手足になって動くのは、寺社役付の同心で寺社方の犯罪など町奉行所の同心と同じような働きをした。これらはそれぞれの寺社奉行の家来、足軽などから選抜されたが、町奉行所同心と違い、専任でないだけに捕物にあたっては、町奉行所の協力が必要だった。

そこで古町《こまち》町人でもある金座裏には寺社奉行からあれこれと助勢の声がかけられた。

ために宗五郎は先任の寺社奉行脇坂安董をとくと承知していたし、政次が動き易いように挨拶はしておくと言った。

「親分、わっしは若親分を案内して、新三郎、いやさ、三味線堀の六郎兵衛に会《お》うてみようと思うがどうだい」

「そうだな、なにをするにしても新三郎の正体を見極めるのは悪くはあるめえ。賭場が立つのは夜中だろう、明日一日かけて走り回り、政次が小夜様と会う前に、今一度対策を立てて動こうか」

宗五郎の指示で明日の動きが決まった。

翌朝、八百亀が金座裏に顔出ししたのは、政次が神谷道場の朝稽古《あさげいこ》から戻ってしほの給仕で朝餉《あさげ》を食し終えた刻限だった。

宗五郎は常丸《つねまる》を供にすでに芝口橋近くの龍野藩上屋敷に出向いていた。

「若親分、ちょいと早いが三味線堀に出かけるかえ」

「兄さん、ちょいと待ってくれませんか。身仕度をする間です」

と若夫婦の座敷に戻った政次は、縦縞《たてじま》の裾《すそ》を端折《はしよ》って後ろ帯にたくし込み、股引《ももひき》がけになった。

羽織を着せかけようとしたしほが、

「小夜様の一件が片付いたら、松坂屋《まつざかや》と豊島屋《としまや》のご隠居夫婦がうちに見えて、湯治旅の相談をするんですって。師走《しわす》も近いことだし、できるだけ早く江戸を出立するそうよ」

と過日の箱根、熱海行きのその後を告げた。

「楽しみだね」

「ほんとうに行っていいの」

「しほ、嫌なのか」

「そうじゃない。おっ義母《か》さんと私まで金座裏を抜けてよいものかと思っただけよ。政次さんは湯治など十年早いと言ったわね、だったら私もそうよ」

「しほ、この前も言ったが親分が初めてそんな気になりなさったのだ。親孝行をしてくれないか、私の分もね」

しほは政次の顔を見ていたが、こっくりと頷《うなず》いてしほの迷いが消えた。

神棚のある居間に戻った政次は、神棚に置かれた三方《さんぼう》から銀のなえしを取ると後ろ帯に斜めに差し込んだ。長身の政次の背にぴたりと収まり、羽織でなえしが隠された。

「待たせたね」

と玄関に出ると、八百亀が亮吉《りょうきち》を従えて待っていた。

「独楽鼠《こまねずみ》が退屈しているとさ、先日の八丁堀の騒ぎではのけ者にされたとぶんむくれてやがった。若親分、亮吉を同道してようがしょう」

と許しを願った。

「金座裏の御用には曰《いわ》くつきのものがあることは、亮吉ならば承知でしょうが。一々むくれてどうするね」

「むくれてなんかいませんよ、若親分」

と亮吉が口を尖《とが》らして、

「精々八百亀の兄いと若親分の下働きをさせてもらいます」

と殊勝に言った。

「なんだか気味が悪いぜ」

と八百亀が首を竦《すく》めて、政次が、

「出かけてきます」

としほに言うと、しほが三人の背に切り火をして送り出した。

三味線堀は、神田川に架かる新《あたら》シ橋から北に向かう向柳原とその先の下谷《したや》七軒町の間にあった。

浅草鳥越からの入堀で南北に長く、北側に舟溜《ふなだま》りを設けたかたちが三味線に似ているところからこのような名で呼ばれるようになった。さらにその水源を辿《たど》ると不忍池《しのばずのいけ》から流れ出た忍川が曲がりくねって三味線堀に入り、さらに鳥越川と名を変えて御米蔵の辺りで大川に合流した。

三味線堀の西側には出羽久保田藩の上屋敷があり、残りの三方も旗本御家人《ごけにん》の屋敷に囲まれて武家地だ。ところが三味線堀の南側に高橋があってその傍《そば》に三味線堀の番人のように六郎兵衛親分が代々一家を構えてきた。

三味線堀が鳥越明神の御手洗場と呼ばれていたことから、六郎兵衛の先祖は鳥越明神の水番ともいわれ、武家地の中に一軒だけ町人が一家を構えることを許されたのかもしれない。

ともかく新三郎が五代目六郎兵衛を名乗る一家は、今も三味線堀の番人のように武家地の中で異彩を放《はな》ってあった。

「ご免よ」

と八百亀が、

「鳥越明神総代　諸事御用承り
三味線堀五代目六郎兵衛」

の紺地に白抜きの暖簾《のれん》を手で避《よ》けながら声をかけた。

「なんだえ」

と広土間に数人の若い衆が屯《たむろ》して、酒樽《さかだる》を伏せた底に白布を張って丁半博打《ばくち》に興じていた。

「朝っぱらから派手なこったな」

と八百亀が暖簾の前に立ち止まり、睨《にら》んだ。

「どこのだれだか、知らないが見当違いをすると大怪我《けが》をするぜ」

「おもしろいな」

と応じた八百亀が体を暖簾の前から横にずらした。すると政次を先導するように亮吉が姿を見せて、最後に若親分が入ってきた。

若い衆が博打の手を休めて政次を見た。

「き、金座裏の若親分じゃねえか」

と一人が呟《つぶや》いた。

「ほう、先代の子分は皆一家を離れたそうだが、うちの若親分の顔を承知の野郎が残っていたか」

「そうじゃねえや。おりゃ、昔、魚河岸《うおがし》に勤めていたからよ、松坂屋の手代《てだい》だった若親分の顔を知ってんだよ」

「名前《なめえ》は」

「平三郎《へいさぶろう》ってんだ」

「魚河岸に勤めていりゃいいものを」

と八百亀が苦笑いした。

「平三、べらべら喋《しゃべ》るねえ」

と小便博打の中で兄貴分が、平三郎を黙らせた。

この男の左頬《ほお》に匕首《あいくち》で抉《えぐ》られたか、引き攣《つ》れた傷が醜く残っていた。

「金座裏だと、縄張り外になんの用だ」

と兄貴分が喚《わめ》くように聞いた。奥に聞かせるためだろう。

「町方の縄張りなんてあってないようなもんでな。用事があれば江戸八百八町はいうに及ばず、どこでも出向く。それがわっしらの務めだ」

「用があるのなら早く言いやがれ」

と兄貴分がさらに喚いたとき、奥から細身の男が用心棒剣客を引き連れて姿を見せた。

「権造《ごんぞう》、挨拶《あいさつ》の仕方も知らないか。金座裏の若親分の見廻《みまわ》りだ、博打の真似事《まねごと》なんぞそうそうに片付けやがれ」

と貫禄を見せて兄貴分の権造に怒鳴った男が、

「わっしが五代目六郎兵衛にございます。子分どもの非礼お詫《わ》び申します」

と頭を下げる真似をして、さらに言った。

「玄関先にございます、奥に通って下さいましな、若親分」

「本日は当代の六郎兵衛親分のお顔をね、拝見に参りましたので。玄関先で失礼させてもらいますよ」

とあくまで政次の言葉遣いは丁寧だった。

「なんですね、そんな素っけない。用事はねえと仰《おつしや》るので」

「新三郎、寺社方に訴えが出たんだとさ、覚えはねえか」

と八百亀が政次の傍《かたわ》らから言った。

「新三郎ってのは昔の名前でございますよ。ただ今は鳥越明神総代三味線堀の五代目六郎兵衛ですぜ」

とじろりと八百亀を睨んだ。

「そうかえ、新三郎。おれの問いに答えてねえな」

と八百亀が突っぱねた。

「ふうーん。どうやら金座裏でうちに因縁をつけてきたようだな。おーい、おきえ、ちょいと例のものを」

と奥に向かって叫んだ新三郎こと六郎兵衛が、

「若親分、わっしらが迂闊《うかつ》だった。金座裏が縄張り内でねえものだから、つい付け届けを怠《おこた》っていた」

というところに三方に奉書《ほうしよ》包みを乗せた女が姿を見せた。

「八百亀の兄さん、未《ま》だ六郎兵衛は駆け出しにございます、不行き届きのところは先代の顔に免じてお許し下さいな」

と三方を差し出した。

「おきえさん、そりゃ、なんだえ、金か。金座裏も安く見積もられたものだね、開闢《かいびゃく》以来の金看板、金流しの家じゃ、金には食傷していらあ。不浄な金を納める仕来《しき》たりはねえんだよ」

と八百亀が啖呵《たんか》を切った。

「なんだと、不浄の金と言いやがったな！」

新三郎がいきり立った。それをおきえが押し止《とど》めた。

「八百亀の兄さん、ちょいと金に不満がございましたか」

と奥におきえが戻りかけた。

「おきえ、待ちねえ。おめえらが先代の名を持ち出したからいうが、先代は実に出来たお人だったたね。三味線堀は昔、鳥越明神の水番を任じられたというじゃないか。その水番が総代になって、考え違いをしてねえか。今日、若親分をお連れしたのは、新三郎とおめえが了見違いをしねえようにと釘《くぎ》をさすためだ。三方に載せた金子《きんす》の高なんかで挨拶がとおると思うおめえの了見がさもしいや」

一転した八百亀の静かな言葉におきえが顔を歪《ゆが》めた。

「くそっ！　金座裏だと思って下手《したて》に出りゃ調子に乗りやがって。先生、ぼおっと突っ立ってねえで仕事をしねえか。御用聞きだろうと金座裏だろうと、刀で斬《き》りゃ血が出る人間だ」

新三郎の命《めい》に後ろに控えていた用心棒剣客がそろりと剣を抜くと、屋内での戦いを気にして脇構えに置いた。

なかなか堂にいった構えだった。

「おきえ、いった筈《はず》だぜ、了見違いだってな」

と八百亀がさらに唆《けしか》けた。

「おりゃ！」

と気合を発した剣客が上がり框《がまち》から広い土間に飛んだ。

政次が同時に踏み込みながら、片手で羽織の裾を払いのけ、もう一方の手でなえしを引き抜くと、土間に飛び降りて脇構えを政次の左脇腹目がけて伸ばした剣客の額に伸ばした。

直心影流《じきしんかげ》神谷丈右衛門《かみやじょうえもん》の門弟の政次のなえしが唸《うな》って、額にのめり込んだ。

うっ

とその場に竦んだ剣客の顔が恐怖に歪み、口の端から血がだらだらと流れ出て、

ゆらり

と体が傾き、土間に横倒しに倒れ込んだ。

二

政次らが金座裏に戻ったのは昼前のことだった。

宗五郎はすでに外出から戻っていて見知らぬ壮年の武家二人と話をしていた。

「戻ったか」

と政次を迎えた宗五郎が、

「寺社奉行脇坂安董様の吟味物調役の清水《しみず》静兵衛《せいべえ》様に手留役の板堂《いたどう》左右衛門《そうえもん》様だ。うちの跡継ぎの政次にございますよ」

と互いを引き合わせた。

「政次と申す未熟者にございます」

と政次が挨拶した。

吟味物調役は、寺社奉行が交替のたびに事務が滞《とどこお》らないように評定所から留役を寺社方に配属し、寺社奉行の実務の最高責任者とした。役高百五十俵二十人扶持、焼火《たきび》の間詰の幕臣であった。

一方、手留役は、大名である奉行の家臣で筆才のあるもの数人を選んで秘書役とした。

町奉行の内与力にあたる職務と考えればよい。

清水は四十前か、板堂は三十の半ばの年齢か。どちらも文官で荒仕事は苦手という顔をしていた。

「おお、若親分どのか、読売でそなたの活躍は承知しておる」

と清水が如才なくいい、板堂も、

「殿からも宜《よろ》しくと言付けがあった」

と口を添えた。

「政次、鳥越明神で賭場を開く胴元の六郎兵衛はどうだったえ」

と宗五郎が聞いた。

政次は、この場に八百亀を呼んでよいかと断ると、金座裏の番頭格の亀次《かめじ》を招いて、三味線堀の一家で見聞したことや応対を説明させた。

「なんとその者は不逞《ふてい》の剣術家まで雇っておるか」

清水静兵衛が困ったなという顔をした。

「代替わりして子飼いの子分が追い出されたと聞いていたから一筋縄ではいくめえと思っていたが、やはりそうか」

「へえ」

　と八百亀が畏まった。

「三味線堀の六郎兵衛には手勢がどれほどおるとみればよかろうか」

　と板堂も不安げな顔で聞いた。

「あの界隈で聞きこんだところによりますと、蔵前界隈を縄張りとする厩《うまや》の保蔵《やすぞう》というやくざ者と兄弟分の杯《さかずき》を交わしているそうでございます。時折鳥越明神の賭場にも保蔵の身内が加勢に出向くこともあるそうでございまして、こちらを頭数に入れて三十から四十の間でございましょうか」

　と八百亀がすらすらと答えた。

「なにっ、四十人に近いとな、すりゃ、その人数を捕縛するにはこちらもその数以上を集めねばなるまい。元々寺社方ゆえ武官の数は少ないでな、四十人と戦《いくさ》するほどの手勢はおらぬぞ」

　と清水が頭を抱えた。

「清水様、捕物は戦じゃございませんや。もっとも出鼻をくじくことからいえば、戦ともいえないこともございませんがね」

　宗五郎が笑みの顔で受けた。

「大丈夫かのう。殿はできることなれば町奉行所の手を借りたくはないと申されておられる」

幕府三奉行の筆頭は寺社奉行だ。旗本から選ばれる町奉行に借りは作りたくないというのが脇坂安董の本音だろう。

「政次、脇坂の殿様とお目にかかることができた」

宗五郎は、板堂の言葉には答えず、

「幕府ではな、またぞろ武家屋敷やら寺社地を隠れ蓑《みの》に博打が蔓延《まんえん》の兆《きざ》しがあることに憂慮しておられるそうな。そこでだ、鳥越明神の賭場を一気に潰《つぶ》すことで、不逞の輩《やから》の一罰百戒にしたいと脇坂の殿様は考えておられるのだ。金座裏、助勢を頼むと願われた」

寺社奉行脇坂のお墨付きをもらって清水と板堂が金座裏に姿を見せたのだろう。

この脇坂、のちに西の丸老中《ろうじゅう》から、天保八年には老中へと出世した能吏《のうり》であった。

「板堂様、捕物のほうはわっしらにお任せ下さい。ですが、此度の鳥越明神の賭場改めは寺社奉行様の指揮でなければなりませんや。今晩はぜひともお二方にお出張《でば》りを願います」

「相分《あいわ》かった」

と清水が答えて、ぶるぶると身を震わし、

「いや、なあに武者ぶるいでな」

「それがしも脇坂家の事務方にござれば、刀を振り回すのはいささか不得手にござってな」

と清水と板堂がとんちんかんのことを言い合った。

「まあ、荒仕事はわっしらが請け負います」

「そう申すが金座裏、そなたの手先は何人じゃな」

「わっしを入れて八、九人にござんしょうかね」

「十人に満たないとな」

と板堂が愕然《がくぜん》とした。

「板堂様、捕物は頭数じゃございませんぜ。なあに出鼻をくじいて頭分を二、三人叩きのめせばあとは雑魚《ざこ》でございますよ」

「そう簡単にいくであろうか」

「清水様、板堂様、三味線堀の六郎兵衛ら賭場を仕切る連中は、必ずやわっしらが請け負います。ですが、賭場は客がいて初めて賭場にございますよ、この客を逃しては此度の捕物の意味が半減致しましょう。どうか寺社方で逃げ出そうとする客の身を抑えてくれませんか」

「町人であろうな」

板堂が念を押し、宗五郎が政次を見た。

「場所柄、御蔵前通の札差《ふださし》の旦那や番頭なんぞが主な客にございますそうな。それだけに三味線堀の六郎兵衛の一晩の寺銭《てらせん》は莫大《ばくだい》と聞いております」

「なに、札差どもか。うちに限らず大名家は札差に首根っこをぎゅっと摑《つか》まれておるでな、この際、そやつどもをびしっとお縄にしたいものじゃ」

と板堂がにんまりと笑った。

「親分、そのようなこととなれば龍野藩から御番衆《ごばんしゅう》を格別に出すべく用人どのに掛け合う」

と自らに言い聞かせるように首肯《しゅこう》した。

二人が金座裏を辞去したあと、宗五郎は長火鉢に半紙を広げて手勢の名を筆で認《したた》め、読み上げた。

「おれに政次、八百亀、稲荷《いなり》の正太《しょうた》、常丸、亮吉、だんご屋の三喜松《みきまつ》、左官の広吉《こうきち》、伝次《でんじ》に波太郎《なみたろう》、これで十人か」

「これに永塚小夜様が加わられます」

「となれば都合十一人、なんとかなろうじゃないか」

目処《めど》が立った宗五郎が煙草《タバコ》盆を引き寄せた。

「親分、あのお二人の前では話さなかったことがあらあ」

「なんだ、八百亀」

「厩《あだう》の保蔵一家に居候している兄妹の剣術家がいるのだと。近所の噂《うわさ》によればなんでも仇討ちの道中で路用の金に困り、保蔵のところに草鞋《わらじ》を脱いだ兄妹らしいや。名は広沢劉一郎《ひろさわりゅういちろう》、お空《くう》といってな、兄は一傳流《いちでん》という剣術の、妹は伯耆《ほうき》流という居合《いあい》の達人らしいぜ。なんでも回向院《えこういん》で居合の腕前を披露して旅籠代を稼いでいたとき、武術自慢の侍が何十人と挑んだが、一人としてこの兄妹に勝った者はねえそうだ。その評判を知った厩の保蔵が食客《しょっかく》として一家に招いたんだよ」

「八百亀、その兄妹が今晩賭場に助っ人で姿を見せるか」

「若親分とも話し合ったがよ、若親分の腕前を見せつけられた新三郎が、いやさ、三味線堀の六郎兵衛が、厩に助っ人を願うのは十分に考えられようじゃないか」

「ありうるな」

と応じた宗五郎が政次を見た。

「いきがかりにございます。もし二人が鳥越明神の賭場に姿を見せるようなれば、私が広沢劉一郎の相手を務めます」

「お空は小夜様か」

「はい。此度の一件は、鳥越明神の禰宜が小夜様に願ったことが発端にございますれば、小夜様がお空を引き受けられるが至当かと存じます」

「よかろう」

宗五郎が承知した。

「親分、小夜様のお宅に私が今晩四つの刻限出向く手筈になっておりますが、小夜様と小太郎《こたろう》様を金座裏に早目にお呼びして、こちらから一緒に押し出すのはいかがにございましょう。広沢お空のこともございます、そのことを知らせておいたほうがよいのではございませんか」

「あれこれと事情が変わったからな、それがよかろうぜ」

と宗五郎が承知したとき、おみつが、

「昼餉だよ、煮込みうどんに菜飯《なめし》だよ」

と台所から声を張り上げた。

昼餉を終えたしほと政次はまず龍閑橋《りゅうかん》の船宿綱定《つなさだ》に寄った。綱定でも昼餉が終わった刻限で、船頭たちが船着場の日溜まりで煙草を吸っていた。

「若親分、しほさん、御用か」

彦四郎《ひこしろう》が幼馴染《おさななじ》みの姿を見て声をかけてきた。

「大五郎《だいごろう》親方はおられようか」

と聞く政次の背後から野太い大五郎の声がした。

「若親分、なんぞ御用かね」

「彦四郎を勝手に使い回して相すまないと親分が、これを私に言付けなされたので」

と政次は奉書紙に包まれた金子を大五郎に差し出した。

「わざわざなんですね。そんな気遣いは無用と親分に仰って下せえよ」

「受け取って頂かないと、これからの頼みが言いづらいのでございますよ、親方」

「なんですね、頼みとは」

「今晩、ちょいとした捕物がございます。猪牙舟《ちょきぶね》を二艘《そう》お願いしたいのでございますよ」

「なんだ、そんなことか。で、どちらまでですね」

「浅草元鳥越の甚内橋まででございますよ」

「御米蔵に流れ込む鳥越川ですね」

と応じた大五郎が腕組みして考え込み、

「どうやら金座裏は役所違いから出張りを頼まれなさったか」

となにか思い当たったか呟いた。

湯屋や床屋と同じく、船宿もまた情報が集まる場所の一つだ。

大五郎は甚内橋と聞いて思い当たったことがあるのだろう。

「猪牙舟を二艘ですね、一艘は彦四郎として、もう一艘はわっしが参ります。若親分、刻限はいつですね」

「四つ、常盤橋《ときわ》に願いましょう」

「承知致しました」

と大五郎が受けて、宗五郎からの金子包みを快く受け取ってくれた。

龍閑橋際から青正《あおしょう》の青物問屋のある銀《しろがね》町まで指呼《しこ》の間だ。

政次としほが初冬の陽射《ひざ》しを浴びて青正の離れ屋を訪ねたとき、小太郎の笑い声が響いていた。

青正には母屋と離れ屋の庭があって陽射しが落ちていたが、隠居の義平《ぎへい》と小太郎ともう一人二十六、七の武士が紙風船で遊んでいた。色が浅黒く、がっちりとした体付きと顎《あご》が張って、意志が強そうな感じの青年武士だった。

「おや、金座裏の若親分としほさんか、仲睦《なかむつ》まじゅうてなによりだ」

と義平が笑いかけ、小太郎が、

「きんざうら、きんざうら」

と二人に呼びかけた。

「ご隠居もご壮健の様子、なによりにございます」

と政次が挨拶すると、

「若親分、見かけだけだ。足も腰も冬になると痛みやがるがね、小太郎様の相手でなんとか誤魔《ごま》化《か》しておりますよ」

と笑った義平が、

「若親分、こちらは羽《は》村新之助《むらしんのすけ》様と申されて、小夜様のお弟子さんですよ」

と紹介した。

「噂《うわさ》は小夜先生よりお聞きしております」

と政次としほに会釈を返した羽村が、

「ご隠居、小太郎どの、それがしはこれで」

と辞去の挨拶をして離れ屋に向かった。

「この界隈の越前大野藩の土井《どい》家のご家来衆でしてね、小太郎様と仲良くなって時折りこうして遊びに見えるんです」

と義平が説明しているところに、小夜と羽村が一緒に戻ってきて、小夜が政次とほに挨拶すると、

「若親分、なんぞ変更がございまするか」

と今晩の予定を問い返した。

「いえ、今晩、賭場に乗り込むことに変わりはございません。うちの親分が寺社奉行脇坂様と話し合われて、寺社方の指揮で賭場に踏み込みます」

「私や金座裏はもはや必要ないのですか」

「いえ、小夜様や私どもが汗を掻《か》くのは変わりございません」

と前置きした政次が寺社奉行の吟味物調役清水静兵衛と手留役の板堂左右衛門との話し合いの経緯を説明し、

「此度の捕物は寺社方の陣頭指揮でわれらが踏み込みます」

「禰宜どののお頼みが大変なことになったようですね」

「小夜様、鳥越明神だけでなく武家屋敷や寺社の境内《けいだい》を借りての賭博が横行しているのです。それを案じられたお上では鳥越明神の賭場を取り締まって見せしめにするこ

とが決まったそうでございましてね、今や小夜様や私どもの考えではどうにもなりませんので」

「大変なことになったわ」

と小夜が顔を歪めた。

「小夜様、鳥越明神自体には傷がつかないように親分と脇坂様の間で話し合われております」

「ならば神官にも禰宜にも厳しい沙汰《さた》はないのですね」

「お叱りくらいあるかもしれませんが、一罰百戒のために胴元と客を厳しく取り締まることで折り合いがついたと聞いております」

「承知しました」

とようやく小夜が安堵《あんど》の表情を見せた。

「今晩、賭場に踏み込むことに変わりございませんね」

「相手は三味線堀の六郎兵衛一家と厩の保蔵一家の用心棒どもです」

と政次が厩の保蔵の客分の剣客兄妹について話した。

「若親分が兄のほうを受け持たれるのですね」

頷いた政次が、

「小夜様、妹は伯耆流の居合を使うようです。こちらの相手を願えますか」

「畏まりました」

と小夜も潔《いさぎよ》く受けた。

「口を挟むようですが相手は三、四十余人、金座裏と小夜先生で十一人ですか」

と羽村が政次に問い、政次が頷いた。

「それがしを小夜先生の助っ人に加えてもらうわけにはいきませぬか」

思いがけない羽村の言葉に政次も小夜も驚いて、羽村を見た。

「いえ、それがしが小夜先生の足元にも及ばぬことは承知しております。それでもそれがし、なんぞ役に立ちたいのです」

と羽村が真剣な顔で言った。

「羽村様、土井様のご家来衆とお聞き致しました。大名家ご家中《かちゆう》のお方が私どものような町方と一緒に捕物に加わったとあっては、後々差しさわりがございませぬか」

「若親分、それがし、土井様の直臣ではございませぬ。用人笠間《かさま》伝兵衛《でんべえ》が家来、陪臣《ばいしん》にございます。土井家の家臣のようで家臣でない身分、いささかでも小夜先生のお役に立ちとうござる」

政次が小夜を見た。

小夜は困った顔で返事に迷っていた。するとしほが、

「政次さん、小夜様、いいではございませぬか。第一、此度がこと金座裏の本来の御用ではございません。小夜様の頼みから始まった騒ぎですが、結局はお上の都合に合わせられてしまったのです。金座裏も手勢が足りぬのでございましょう、羽村様が十二人目の捕方に加わってなんの不都合がございましょう」

と言い出した。

「たしかにしほがいうとおりだが、羽村様がお役をしくじられては大変ではないか」

「若親分、そのときはそのときのことにございます。市井《しせい》に生きる覚悟をつければよいことです」

と羽村が潔く言い切り、小夜も小さく頷いた。

「ならば、夕餉の刻限までに小夜様、小太郎様と羽村様を同道なされて金座裏にきて下さい。猪牙舟二艘で押し出します」

「承知仕《つかまつ》った」

と羽村が張り切って、政次としほは顔を見合わせた。

三

金座裏に近い常盤橋際に二艘の猪牙舟が止まり、待機していた金座裏の面々が分乗したのは五つ半過ぎのことだった。

舟を彦四郎が工夫したらしく、苫葺《とまぶ》きの三角屋根が設けられていた。

初冬とはいえ、夜の張り込みは体が冷える。それに大勢の人間が乗り込んで、じいっと待機していたのでは怪しまれると、そのことを危ぶんだ彦四郎が若い朋輩《ほうばい》とかけた屋根だった。

「こいつは助かるぜ、彦四郎」

と宗五郎が労《ねぎら》い、先頭の猪牙舟に乗り込んだ。

屋根の内側を支えているのは割竹でなかなかの細工で、手あぶりまで用意されていた。

一艘目の船頭は大五郎で宗五郎、八百亀ら六人が乗り込み、二艘目の彦四郎船頭の猪牙舟には政次が頭で、永塚小夜、羽村新之助、それに常丸、亮吉ら若手が同乗し、直《す》ぐに舫《もや》い綱が解かれた。

「若親分、手が足りなきゃあ助けるぜ」

と棹《さお》を櫓《ろ》に替えた彦四郎が言った。

船宿綱定の船頭だが、金座裏の御用を数多く務めて捕り方に加わったのも片手では数え切れない彦四郎だ。なにより体付きが大きく、剛力《ごうりき》だから戦力になった。この界隈の人々は六尺を超える政次と彦四郎を、

「関羽《かんう》と張飛《ちょうひ》」

に準《なぞら》える人もいたほどだ。

「彦四郎、数々の修羅場を潜《くぐ》ってきた金座裏の面々だぜ。素人《しろうと》の手を借りるような真似はしねえよ、金流しの名が廃《すた》らあ」

亮吉がいつもより甲高《かんだか》い声で応じた。

多勢に無勢の捕物だ。亮吉も緊張していた。その言葉に羽村がなぜか、

「相すまぬことにござる」

と詫《わ》びた。

「いえ、おまえ様のことじゃねえんで」

亮吉が慌てて、舟の中に笑い声が起こり、緊張が解けた。

政次から永塚小夜に助っ人が出ると聞いた宗五郎は、

「ほう、小夜様にな」

と訝しそうに呟いたものだ。すると傍らからしほが、

「親分、しっかりとしたお考えのお武家様にございます」

と言葉を添えた。

「小夜様は若いんだ。いつまでも小太郎様と二人だけというわけにもいくめえ。羽村様は小夜様に好意を寄せておられるのだな」

「最初は小太郎様が羽村様に懐いたようですが、小夜様も満更《まんざら》ではないようにお見受け致しました」

「土井様の陪臣を辞める気か。道場だけで一家三人が食っていくのはしんどいぜ」

宗五郎はそんなことまで案じた。

小夜が道場主を務める道場は、元は林道場と呼ばれてわずかな門弟を相手に看板を上げていた。が、その林が死に、あとに残された妻女と娘では道場経営は立ち行かず、そんな道場を小夜が借り受けて引き継いだのだ。

小夜の代になって急に門弟の数が増えたものの門弟からの稽古料は二者が折半するために小夜と小太郎母子が食べていくだけで精いっぱいだった。それに羽村新之助が加わるとなると、宗五郎は先々のことまで案じたのだ。

「親分、小夜様のことです。とくと考えて行動なされましょう」

「違いねえ」

宗五郎が苦笑いしてその話は終わり、羽村新之助が永塚小夜の助っ人で寺社方の捕物に加わることになった。

鳥越川の甚内橋に二艘の猪牙舟が止まり、その近くにある鳥越明神にだんご屋の三喜松と波太郎が最初に見張りに行かされた。

宗五郎の控える猪牙舟に独楽鼠の亮吉が面を出し、

「親分、賭場の様子を見にいっちゃあいけねえかね」

「政次に断ったか」

「親分のお許しがあればいいと言ったぜ」

「独楽鼠、鳥越様の境内は広くはねえぜ。見つかると寺社のお出張りを潰しかねないが、なんぞ成算があるのか」

「おれが餓鬼時分のこった、むじな長屋に鼈甲飴《べっこうあめ》売りの爺様《じいさま》がいてよ。おりゃ、六月九日の夜祭りには爺さんの手伝いに鳥越様にいったもんだ。境内のことならどうなっているかお見通しだ」

「八百亀、亮吉が売り込んできやがったが、どうするね」

「賭場の客は札差なぞお店者《たなもの》ばかりじゃねえぞ。鳥越界隈の屋職《やじょく》の大工の棟梁《とうりょう》、鳶《とび》の親方なんぞ勘のいい連中も混じっていらあ。見つかるんじゃねえぞ」

「八百亀の兄い、心配ねえって」

と自信ありげな亮吉に、

「調子に乗るんじゃねえぞ」

とそれでも八百亀が釘をさし、亮吉が猪牙舟から元鳥越町の細い河岸道に上がった。

するとそこには政次が待ち受けていて、

「私が亮吉の助っ人にいこう」

と同行を申し出た。

「若親分がこの独楽鼠の後見ならば安心だぜ。狭い路地を抜けるからよ、おれの背を見失わないでくんな」

と言うと長屋と長屋の間に抜ける路地道に政次を誘った。

同じむじな長屋で育った政次も知らない路地裏だ。ふいに鳥越明神の裏手に出て、こんもりとした高台に鳥越明神の社殿が黒々と見えた。

この界隈は小高い岡で隅田川を見下ろす高台だったが、御米蔵を隅田川の右岸に造成するとき、この界隈を切り崩して埋め立てた経緯があった。それでも鳥越明神は町屋より一段高いところにあった。

「若親分、おれが思うには賭場は神輿蔵の隣の社務所でご開帳だね。となると、こっちが近いぜ」

亮吉は鳥越明神の横手の路地に政次を案内して、

「若親分、すまねえが肩を貸してくんねえか」

と言うと草履を脱いで懐に入れると腰を屈《かが》めた政次の肩に身軽に乗って石垣の上の石塀を摑み、ふわっと政次の肩から重みがなくなったときには気配が消えていた。

政次は石垣から離れて亮吉の戻りを待った。

刻々と時が流れ、寒さが募《つの》ってきた。

四半刻（約三十分）も過ぎたか、提灯の明かりが政次のいる路地に近づいてきた。三味線堀の六郎兵衛一家の見張りだろう。

政次は路地の奥に身を潜めて見張りが通り過ぎるのを待った。

刻限は四つ半（午後十一時）過ぎか、石垣の上から、ぴゅっと指笛が鳴った。政次が石垣下に近づくと亮吉が姿を見せて、足を伸ばしてきた。政次は亮吉の足を肩で受け止め、地面に下ろした。

その瞬間、だれかに見られている気配がした。

振り向くと二つの影があった。

「てめえら、何者だ」

と六郎兵衛の子分が誰何《すいか》し、もう一人の影に、

「こいつら、とっ捕まえてくんな、先生よ」

と命じた。

連れは三味線堀一家の用心棒の剣術家のようだった。明かりは携帯していなかったために政次らの正体に察しがつかない様子だった。

「亮吉、子分を頼む」

「合点だ」

政次と亮吉が低い声で短く言い合った。

「わっしら、通りがかりの者にございます、お見逃しを」

と政次が腰を低くして揉手《もみで》をしながら剣術家との間合いを詰めた。

「怪しい奴よのう」

政次が無腰《むこし》とみた剣術家がゆっくりと柄《つか》に手を掛け、刀を抜こうとした。

その瞬間、政次の手が腰の銀なえしを引き抜くと、八角に成型された稜角《りょうかく》の一つに親指をかけて一尺七寸のなえしの先端を相手の鳩尾《みぞおち》に突っ込んだ。

「うっ

と小さな悲鳴を上げた用心棒は刀を抜きかけた格好で横倒しに倒れた。

「あっ、おめえらは」

と驚愕の様子で立ち竦んだ子分に躍りかかった亮吉が十手《じって》で首筋を強《した》かに打ちすえた。子分は叫び声一つ上げずに崩れ落ちた。

「亮吉、こやつらを猪牙舟まで運んでいくぞ」

と政次が言うと用心棒侍をひょいと肩に担ぎ上げ、亮吉も真似た。

猪牙舟には鳥越明神の鳥居前に出張っていた三喜松と波太郎が戻ってきて、

「親分、寺社方がすでにお出張りにございます」

「よし、政次と亮吉が戻ってきたらうちも踏み込むぞ」

というところに政次と亮吉がそれぞれ肩に一人ずつ担いで戻ってきた。

「三味線堀の見張りか」

「そうなんで、親分」

猪牙舟の胴の間に転がされた二人を見て、亮吉が、

「賭場は社務所隣の神輿蔵だ。蔵の廻りを三味線堀と厩の一味が警戒していらあ。三味線堀の子分は賭場に人数をとられているからよ、表は十五、六人というところか

ね」

「客はどうだ」

「神輿蔵がむんむんするほど大勢いやがるぜ、あの様子からして大勝負だね」

「よし、見張りが姿を消したとなりゃあ、警戒しよう。すぐにも乗り込むぜ。清水様と板堂様は大鳥居前に待機しておられるな」

へえ、と三喜松が答えた。頷いた宗五郎が、

「おれたちは大鳥居から寺社方と押し出す。政次、おめえらは裏手から一気に神輿蔵に突っ込め」

「畏まりました」

猪牙舟を出た金座裏の面々は、捕物仕度を改めた。

子分らは肩から背を十文字の襷《たすき》がけ、手にはそれぞれ六尺棒やら刺叉《さすまた》を持参していた。

宗五郎は前帯に差した金流しの十手、政次はすでにこの夜に一度使った銀のなえし、永塚小夜と羽村新之助は刀の鯉口《こいぐち》を切って仕度を終えた。

宗五郎らが大鳥居前に行くと緊張した様子の清水静兵衛、板堂左右衛門が陣笠と火事場装束に身を固めて待ち受けていた。

「宗五郎親分、手勢それぞれ十五人、大鳥居前、裏手と二手に分けて待機しておる。それでよいか」

「お手配ご苦労に存じます」

と宗五郎が答えると板堂が、

「金座裏の手勢は十人余と聞いたが、この数で大丈夫か」

と不安げな声で問うた。宗五郎の他は五人の子分だけだからだ。

「若手組本隊が賭場の開かれている神輿蔵に裏手から突っ込みます。清水様と板堂様にお手を煩《わずら》わせることはないかと存じます」

「そうか、相手はそれなりの人数というがな」

と板堂が案じたが、

「まあ、首尾をご覧くだせえ」

と宗五郎が答えたとき、境内の中で、

わあっ！

という叫び声が上がり、

「手入れだ！」

という声も呼応した。

「清水様、板堂様、わっしらも遅れちゃならねえ」

と宗五郎らが石段を駆け上がり、清水と板堂が続くと、板堂が、

「寺社奉行脇坂淡路守安董様の命により、吟味物調役清水静兵衛」

「同じく手留役板堂左右衛門の出張りであるぞ」

「三味線堀の六郎兵衛、境内神輿蔵にて賭場を常習的に開帳しておるとの調べがついておる、神妙に致せ！」

と二人が意外にも朗々とした声で名乗りを上げ、御用の筋を告げた。

永塚小夜の前に背の高い女剣士が立ち塞《ふさ》がった。

三味線堀の六郎兵衛の兄弟分厩の保蔵の用心棒剣客、妹の広沢お空だろう。腰に一本だけ細身の剣を手挟《たばさ》んでいた。

「そなたか、伯耆流居合を使うは」

「寺社方に女がいるのか」

とお空が驚きの声で問い返した。

「いささか事情がございましてね、そなた様と同じく助っ人と考えて下され」

と小夜が名乗り、小太刀を抜いて正眼《せいがん》に構えた。

その背後に羽村新之助が後詰めに控えた。

政次はその時、小夜の動きを見ながら、その背後に立つ長身の剣術家に声をかけた。

「一傳流広沢劉一郎様にございますな」

「その方《ほう》、町方じゃな」

「いかにも鳥越明神は寺社方支配にございますが、かように寺社に町方が手助けすることがままございましてね。金座裏で代々御用を務めます九代目宗五郎の跡継ぎの政次と申す駆け出しにございます」

「町方がこのおれを縄に掛けると申すか」

「はい」

と政次が返事をしたとき、小夜が小太刀の間合にすいっと踏み込んだ。

それに吊《つ》り出されたようにお空も踏み込み、一気に間合が詰まったところでお空の細身の剣が抜かれ、弧を描いて小夜の胴を襲った。

小太刀の間合に詰めていた小夜の刀が迅速な胴斬りを受け止めると弾《はじ》いた。

お空が一撃目を避けられて、横手に身を流して間合を改めて取ろうとした。が、小夜の小柄の体がするするとお空の動きに合わせて内懐に入り込み、慌てたお空が二撃目の反撃に出るところに小夜の小太刀がお空の手首を襲った。

「あっ」

手首の腱《けん》を斬られたお空がぽろりと剣を落とした。

その時、政次は広沢劉一郎の上段からの振り下ろしを掻い潜ると、一尺七寸の八角のなえしを劉一郎の胴へと強かに叩きつけていた。その勢いで劉一郎の体が横手に吹っ飛んだほどだ。

「兄上！」

素手になったお空が斬られた手首をもう一方の手で抱えて悲鳴を上げた。

「お手前方、仇討ちの身と聞きました。大望に免じて此度は見逃します、早々に立ち退《の》きなされ」

と政次が宣告すると、しばらく茫然《ぼうぜん》としていた妹が兄の傍らに走り寄り、二人で助け合うと鳥越明神の裏手から姿を消した。

「寺社方のお出張りである、神妙に致せ！」

その直後、神輿蔵の前に到着した清水静兵衛がここでも寺社方の手入れを宣告した。

「くそっ！」

と罵《のの》り声を上げた三味線堀の子分たちが長脇差や匕首を片手に神輿蔵の両開きの扉から飛び出してきたが、八百亀らの六尺棒や刺叉に叩きのめされ、突かれて直ぐに戦意を喪失した。

政次と永塚小夜、羽村新之助も捕り方に加わった。

賭場が神輿蔵で開帳されていたこともあって、出口が表扉一ヵ所しかない。表口を抑えられた客は逃げ場を失い、賭場に留まるしか手はなかった。

そのとき、ゆっくりと賭場から餓狼《がろう》のような痩身《そうしん》の浪人者が姿を見せて、

「三味線堀の親分、それがしが十手持ちを斬り伏せる。その隙《すき》に客を逃すのじゃあ」

と親分の六郎兵衛に叫んだ。

「頼んだぜ、置田《おきた》の先生よ」

と三味線堀の六郎兵衛が長脇差を構えて、剣客置田某の後ろに控えた。そして、

「厩の保蔵の用心棒剣客はどうしたえ」

と辺りを見回した。

「六郎兵衛、広沢劉一郎とお空の兄妹は、若親分の政次と助っ人永塚小夜様に後《おく》れをとってすでに戦線を離脱したぜ」

宗五郎が六郎兵衛に応じて、金流しの十手を構えて置田某の前に立ち塞がると、

「おめえ、血に塗《まみ》れた仕事で世過《よす》ぎ身過ぎを送ってきたようだな。今晩がそれも最後と思いねえ」

「しゃらくせえ、十手持ちなんぞ怖くもなんともないんだ。金座裏なんぞという看板

は今日で終わりだ」

置田某がすいっと長剣を抜くと、右手一本で虚空に突き上げた。そして、もう一方の手を柄に添えると同時に宗五郎の脳天に刀を叩きつけるようにして踏み込んできた。

宗五郎は動かない。

餓狼の置田某を手元まで引き付けて、振り下ろされる刀を金流しの十手の鉤手《かぎて》で挟みこむと、体を捻《ひね》りざま置田某の痩身を腰に載せた格好で飛ばしていた。

鳥越明神の参道に叩きつけられた置田が必死で起き上がろうとするとき、八百亀らが刺叉や袖がらみを突き出して動きを封じ、政次の銀のなえしが虚空を飛んで置田の額を打つと尻餅《しりもち》をつくように転がり悶絶《もんぜつ》した。

それを見た宗五郎が、

「それ、六郎兵衛にお縄をかけよ」

と命じると八百亀らの捕物道具が六郎兵衛に向けられて、へなへなと六郎兵衛がその場に膝を屈した。

「神輿蔵の面々にもの申す。寺社奉行吟味物調役清水静兵衛様、手留役板堂左右衛門様のお出張りだぜ。神妙に致すなればお上にも慈悲がないわけじゃねえ、この金座裏の宗五郎が寺社奉行脇坂様におめえらに代わって願ってやろうか。大人しく一人ずつ出てきねえ！　出てこねえとこっちから乗り込むぜ」

という咳呵と一緒に神輿蔵の中に飛び込んだ宗五郎らは、賭場の様子を見て茫然として立ち竦んだ。

第五話　富沢町娘の行列

一

「さあて、豊島屋《としまや》にお集まりのお歴々に一席浅草元鳥越は鳥越明神の大捕物の一部始終を名人むじな亭亮吉《りょうきち》師匠が語り聞かせる。神妙に耳をかっぽじって聞きやがれ！」

と小上がりの上がり框《がまち》に座布団を敷いて膝《ひざ》の前に飯台《はんだい》を置くと、その上を閉じた白扇で亮吉が、

「ぽんぽん、ぽぽん、ぽん」

と叩《たた》いて調子を入れ、清蔵《せいぞう》が相《あい》の手で応じた。

「ようよう、むじな長屋の大師匠、待ってました！」

このところ豊島屋では亮吉が語り聞かせる捕物話が絶えていたこともあって、景気を付けたのだ。

悠然と会釈した亮吉はお菊《きく》から受け取った茶碗で喉《のど》を潤し、いきなり噎《む》せかえった。

「お、お菊ちゃん、茶かと思ったら酒か」

「あら、お酒で悪かった」

「そうじゃねえよ。茶だと思ったから噎せたんだ。よし、お菊ちゃんの気持ちの込められた酒で勇気百倍、さあて、酒の亡者どもに語り聞かせる」

と亮吉が胸を張ったところに兄弟駕籠《かご》屋の繁三《しげぞう》が、

「どぶ鼠《ねずみ》、仔細《しさい》は読売で承知していらあ。季節外れの武者人形なんぞ見たくもねえし、おまえの講釈も聞きたくもねえや」

と茶々を入れた。

「繁三、読売で知ってやがると言いやがったな。女剣客永塚《ながつか》小夜《さよ》様が相手も女武芸者の広沢《ひろさわ》お空《くう》を制した勝負を知るめえ」

「知っているとも、日本橋の高札場の前で読売屋が相手の伯耆《ほうき》流居合《いあい》の一手を小太刀が弾《はじ》いて、さらに追い打ちをかけ、手首を斬《き》った模様をおめえより上手に聞かせたぞ」

「なんだと、むじな亭亮吉のお株を奪った読売屋がいたか。ならば、政次《せいじ》若親分と広沢劉一郎《りゅういちろう》の対決はどうだ」

「そいつも承知だ」

「親分の金流しの十手《じって》が剣客置田五郎次《おきたごろうじ》の必殺の一撃を鉤手《かぎて》で受けて投げ飛ばした一場はどうだ」

「それも承知だ」

「くそっ、後《おく》れをとったか」

「亮吉、おめえがどこで震えていたか、講釈しねえ」

「馬鹿野郎、この亮吉様が手入れに際して後れをとったことがあるか。よし、とっておきの新作を語り聞かせる。繁三、てめえの馬糞《ばふん》に塗《まみ》れた耳の穴をかっぽじって聞きやがれ」

と啖呵《たんか》を切った亮吉が茶碗酒を口に含み、繁三に出鼻をくじかれた気持ちを立て直した。

「ご一同、鳥越明神の界隈《かいわい》は屋職《やじよく》の職人やら鳶《とび》が多いところだ。それだけに祭礼だ博《ばく》打《ち》だと聞けば血も騒ごうという勇み肌の兄さんが住んでおられる。また隣町の蔵前通は札差《ふださし》を始め大店《おおだな》がずらりと軒を並べておられる。

勇み肌と黄金《こがね》色に目をつけたのが、代々三味線堀の水番を務め、今じゃあ、鳥越明神の総代まで出世した三味線堀の六郎兵衛《ろくろべえ》だ。

ご一統の中には先代親分の慈悲深い人柄を承知の者もいよう。ところがな、出戻り娘のおきえとくっついた江戸無宿の新三郎《しんざぶろう》が、五代目の看板をしょった途端、古くからいた子分は一人去り、二人消えて、がらりと一家の雰囲気が変わりやがった。

この新三郎こと六郎兵衛がいささかもうろくした鳥越神社の神官さんを言葉巧みに口説《くど》いて、境内《けいだい》の神輿《みこし》蔵で賭場《とば》を開いてやがった。それも一夜にして莫大《ばくだい》な寺銭《てらせん》を懐に入れてきやがったんだ。

女剣士永塚小夜様が鳥越明神の禰宜《ねぎ》になんとか賭場がならないものかと相談を受けたのがこの大捕物の始まりだ。ええ、お上《かみ》も近頃、あちらの武家屋敷、こちらのお寺と町方《まちかた》が手を出せない寺社地なんぞで賭場が流行《はや》るのを承知しておられた。そこで鳥越明神の賭場を一気に潰《つぶ》して、一罰百戒にしたいものと考えられたのだ」

と亮吉は白扇でぽんと一つ調子を入れた。

「そこで金座裏の親分宗五郎《そうごろう》の出番だ。かねてより入魂《じっこん》の寺社奉行脇坂淡路守安董《わきざかあわじのかみやすただ》様にご相談申し上げ、寺社方に町方が助っ人を出す合同の捕物になったのだ、繁三。分かるか、話がよ」

「だから、承知なんだよ、そんなこと」

「お喋《しゃべ》りめ、読売が書かないことがあるんだよ」

「ほう、なんだ、どぶ鼠」

「三味線堀の六郎兵衛をお縄にしたあと、宗五郎親分、政次若親分を先頭に神輿蔵に踏み込んでみると、神輿をどけた広い土間に賭場が開かれて、なんと客が三、四十人ほどもいたと思いねえ。それを接待する三味線堀の出戻り女の下《もと》には、化粧っけの娘が肌もあらわな緋縮緬《ひぢりめん》の長襦袢《ジュバン》姿でよ、盆茣蓙《ござ》を離れてひと息つく客に、やれ、酒だ、食い物だと世話をしてやがったんだ」

「えっ、どぶ鼠、ほ、ほんとうに長襦袢の娘がぞろぞろといたのか」

「繁三、焦りやがったな、声が裏返ったな。年の頃なら十七、八から二十歳ちょぼちょぼ、絶世の美形ばかりだ」

「おりゃ、捕物に行きたかったな」

「今頃悔やんでも遅いんだよ、繁三。あのな、六郎兵衛とおきえは賭場の客を飽きさせまいと肌もあらわな娘まで用意して、鳥越明神に客を集めていたんだよ。それもだ、札差の旦那、番頭《ばんとう》はいうにおよばず、鳶の頭《かしら》に大工の棟梁《とうりょう》、あの界隈の武家屋敷の用人さんだと上客ばかりだ」

「畜生、おれも金座裏の手伝いにいけばよかったな」

繁三がまた悔しがった。

「へーんだ、今頃言ったって遅いや。いいか、長襦袢の娘なんぞに驚いている場合か、さすがに蔵前の札差の旦那や番頭が交じった賭場だ。一晩の丁半博打で動く小判はいくらと思う、お喋り駕籠屋」

「そうだな、おめえが威張るところを見ると七、八十両か、亮吉」

「情けねえな、寺社奉行と金座裏がそろって出張《でば》ったんだぜ。札差の旦那衆が客の賭場で七、八十だと、おめえの勘定はそのへんどまりか」

「銭勘定ならわかるがよ、小判でいくらと言われてもな」

と繁三が頭を抱え、亮吉が豊島屋の広土間を見回した。

「いいか、よおく聞きなされ。お客人、なんと昨晩の賭場で六郎兵衛の銭函《ぜにばこ》と客の財布巾着《きんちゃく》が抑えられて、その額、一千と二百五十七両二分《ぶ》だ」

「り、亮吉、その金、どうなった」

繁三の言葉が上ずった。

「寺社方に押収されたよ」

「えっ、脇坂様の懐に入るのか、金座裏には一銭もなしか」

「ねえな。最初にいったろ。此度《こたび》は寺社方に手助けしただけだよ」

「そんなつまらない話があるか。あっ、そうか、賭場の客がよ、寺社方で厳しくお叱《しか》りをうけて自分の所持金を返してもらうんだな」

「そんな甘いこっちゃ、蔓延《まんえん》する博打の取り締まりにはならねえや。寺社方で吟味のあと、賭場通いが常習でよ、素行宜《よろ》しからずとなればあの夜所持していた金子《きんす》の没収はもちろんのこと、ひどい客には家財没収の沙汰《さた》だってでようって話だ」

「えっ、博打やって家財没収か」

「そんな話だってあろうかという話だ」

「なんでえ、どぶ鼠の推量か」

「繁三、いやさ、豊島屋におられるご一統様に申し上げる。いいかえ、博打はお上のお触れに反する所業だ、酒飲んでよ、気が大きくなって博打なんぞ始めるんじゃねえぞ」

「亮吉、おめえはどうだ、小便博打をしたことはねえか」

と鳶の頭が口を挟んだ。

「うーむ、ねえことはねえよ、頭」

「ほれ、見ねえ。わっしら職人や鳶だよ、さいころに一度も触れたことがねえなんて野郎は一人だっていないぞ。お上はそんな博打まで取り締まろうとなさるのか」

「博打に変わりはねえからな」

と亮吉の声が小さくなったとき、豊島屋の暖簾《のれん》を分けて金座裏の宗五郎が永塚小夜と小太郎《こたろう》母子、それに羽村新之助《はむらしんのすけ》を伴い、入ってきた。

「亮吉、旗色が悪いな」

「博打は触れに反するんだよな、親分。そんでもって厳しい取り締まりをなさるんだな」

羽村の後から政次としほ、それに八百亀《やおかめ》らも姿を見せた。

「亮吉、たしかに賭博はお上の定法に触れる所業だ。だがな、今回、お上が一気に取り締まりなさるのは、武家地、寺社地で大掛かりな賭場を常習的に開帳して、巨額な寺銭を稼ぐ輩《やから》や客、それに賭場を貸した武家屋敷や寺社に対してだ。おめえが時折り隠れ遊びする小便博打まで取り締まろうという話じゃねえや」

「えっ、おれ、隠れて博打なんぞやってねえぞ」

「ほう、そうか。この夏、お袋に泣きを入れなかったか。花札で一両一分ばかり負けて、十手をかたに入れてきた。金座裏に知れるとなりゃ、首だ、江戸所払《ところばらい》だなんて騒いで、おせつさんから借りなかったか」

「ありゃ、それまで親分承知か」

「おめえのやることなんぞはお見通しだ。それよりなにより、まだお調べの最中の一件をべらべら講釈仕立てで喋るんじゃねえ」

宗五郎から一喝された亮吉がしゅんとなって臨時の講釈場から下りて、台所に姿を消した。代わって小上がりに宗五郎一家と永塚小夜母子、羽村新之助が上がり、

「九代目、亮吉のことは大目に見て下さいな。私が唆《そそのか》して昨夜の一件を語らせたのがいけなかったよ」

と清蔵が詫《わ》びた。

「まあ、いつものことですからね、時に大目玉を食らわせておかないと洗いざらい喋りかねない」

と宗五郎が苦笑いした。

一座が落ち着いたところで小夜が宗五郎に、

「此度は、私が弟子の話を安請《やすう》け合いしたばかりに金座裏のご一統様にただ働きをさせてしまいました」

とこちらも頭を下げた。

「いや、禰宜の門弟さんが小夜様に相談を持ち掛け、それを小夜様がうちに持ち込まれていたからこそ、此度の騒ぎで鳥越明神は寺社方のお叱りだけで事が済みそうですよ。小夜様がうちに話を前もってなされたのは正解でした」

「親分、これまで鳥越明神が懐に入れた寺銭、百五十両余りは寺社方に没収だそうだ

ぜ」

　と八百亀が話に加わった。

「そいつは致し方あるめえ。いくら神官がもうろくしたからといって神社の本分を忘れたんだからな」

「まあ、そういうこった。鳥越の氏子《うじこ》が怒ってなさるがね、賭場を開いたことじゃねえや。神輿蔵から神輿を外に出してよ、夜露に曝《さら》したことがしれてよ、そいつを許した神官は倅《せがれ》に跡目を譲って隠居しろってよ、氏子一統が強固に申し込んだそうだぜ」

「それも致し方ねえな」

「親分、禰宜さんの話では神官の倅どのは歌などを親しむ物静かなお人柄、倅どのが神官を継げば氏子ご一統も得心されて、此度の騒ぎには目を瞑《つぶ》られるという話にございます」

「年寄りが身を引いて一件落着かえ。清蔵様、なんにしても身の退《ひ》き方は難しゅうございますね」

「親分、いかにもさようですよ。ですが、金座裏はまだ隠居というには十年は早うございますよ。もう少し政次さんに御用の奥義《こつ》を伝授なされて引退なさるのが宜しかろうと思いますがね」

「そうですかね」

と宗五郎が首を傾《かし》げた。

「お待ちどうさま」

と捩《ね》じり鉢巻きをした亮吉が盆に燗徳利《かんどっくり》を立てて、運んできた。

「なんだ、独楽鼠《こま》。金座裏から鎌倉河岸《かまくらがし》に鞍替《くらが》えか」

「八百亀の兄い、お菊ちゃんや庄太《しょうた》じゃあ、いつになるか知れませんからね、へい、この亮吉が皆さんをお待たせしねえようにちょいと手伝いを」

「亮吉、やめておくれ。うちは十分に手が足りてますよ。畑違いの人間が入ると台所が戸惑いますよ」

と清蔵が亮吉を叱り、

「ああ、なにをやっても評判が悪いや。おれも皆さんのおこぼれを頂戴《ちょうだい》する側にまわろう」

と盆を上がり框に置くと小上がりに這《は》い上がった。そして、新参者の羽村新之助に、

「此度はご苦労にございました。金座裏を代表して亮吉が酌を致します、まあお一つ」

と杯を持たせると燗徳利から酌をした。

「これは造作に与《あずか》る」

と新之助も杯を差し出した。

一座に酒が廻《まわ》り、名物の田楽《でんがく》も運ばれてきて、ぷーんと味噌《みそ》と山椒《さんしょう》の香りが小上がりに漂った。

「小夜先生から聞いておりましたが、豊島屋さんの田楽にございますか。なかなか大きなものにございますね」

と新之助が驚きの顔をした。

「でんがく、おいちい」

と小太郎が回らぬ舌で言い出し、

「よし、この羽村が小太郎どのに食べさせよう」

と串から大きな豆腐を抜きとって皿に載せて、箸《はし》で小さく切って小太郎に食べさせようとした。

「羽村様、そのようなことをお武家様がなされてはお屋敷の体面にも関わります」

と小夜が慌てたが羽村は平然としたものだ。

「それがし、小夜先生の道場や金座裏や豊島屋を拝見して、屋敷奉公がいささか嫌になりました。手に職があればそれがし、すぐにも屋敷奉公を辞めとうござる」

羽村新之助は小夜に気があるのか、そう言った。

「羽村様、これでね、町屋の暮らしも大変にございますよ。亮吉なんぞを見ておりますと市井《しせい》の暮らしも楽かと勘違いなされましょうが、こいつのはただの能天気、あまり参考になりませんぜ」

「親分、市井の暮らしが甘いとは思うておりません。ですが、それがし、暮らしを変えたい気持ちなのです」

と羽村新之助が小太郎に田楽を食べさせた。そこへ清蔵の女房のとせが姿を見せて、

「親分さん、御用が一段落しなさったか」

と聞いた。

「お内儀、湯治の話ですかえ。昨夜の騒ぎの始末にあと二、三日かかりましょう。そしたら東海道を箱根へと押し出しますかえ」

「遅くとも四日後には旅の空ですね。おまえ様、いいかい、道中を前に飲み過ぎたり食べ過ぎたりしないで下さいな」

ととせが清蔵に釘《くぎ》を刺した。

「分かってますよ。わたしゃ、金座裏が明朝七つ立ちと言ったって驚くもんじゃありません。いつだって万事仕度はできてます」

と清蔵ととせが掛け合い、なんとなく四日後に湯治の出立日が決まった。

「政次、なんぞ急ぎの御用があったか」

「いえ、鳥越の一件さえ片付けば差しあたって懸念はございませんけど」

「なんだかおめえの口ぶりは一物《いちもつ》ありそうじゃないか」

「亮吉が吉原に居残りした一件にございます。なんでも古着問屋伊勢元《いせもと》では、伏見小紋《ふしみこもん》と名付けられた紅うこん地の長襦袢を売り出して、大あたりをとっているそうにございます。なんでも若い娘が大勢押し掛けて何枚も買っていくそうな」

「富沢町も新ものを売り出していいのかえ」

「伊勢元の倅精太郎《せいたろう》は古着伊勢元と分かれて新物伊勢元の看板を上げたそうでございます」

「富沢町でか」

「高砂橋《たかさご》際です」

「新物なれば格別に八品の鑑札は要《い》らねえからな」

「若親分、居残りの精太郎がなにか始めたのか」

政次と宗五郎の話を聞いていた亮吉が聞いた。

「亮吉、知らなかったか。精太郎さんが吉原に居残りした理由がどうやら此度の売り出しで分かりそうだよ」

「おりゃ、伏見太夫の股間《こかん》を見て目を回しただけだが、あいつは吉原で得た知恵で新規商売を始めやがったか。驚いたな」

「明日にでも覗《のぞ》きにいくか」

「角海老《かどえび》以来の縁だ、祝いの一つも持っていかなきゃなるめえ」

と人のよい亮吉が政次に応じた。

二

彦四郎《ひこしろう》の漕ぐ猪牙舟《ちょきぶね》が冬晴れの入堀をゆっくりと大川の方角から姿を見せた。客は政次、しほ、亮吉にお菊と、若い四人だ。

亮吉の膝前には角樽《つのだる》があって、伊勢元の若旦那が店開きしたという新物屋の開店祝いだった。

しほとお菊を連れていこうといいだしたのは政次だ。なにか考えがあってのことか、宗五郎と清蔵は二つ返事で同行の許しを与えた。

「うむ」

猪牙舟の艫《とも》で櫓《ろ》を漕ぐ長身の彦四郎が、反《そ》り上がった猪牙の舳先《へさき》越しに爪先《つまさき》立ちをして、行く手から聞こえてくるざわめきを確かめようとした。

鎌倉河岸界隈で半鐘泥棒《はんしょう》とよばれる彦四郎が爪先立ちしたのだ、河岸道まで見通せた。

入堀の河岸道を若い娘らが三人、四人と連れだって賑《にぎ》やかにやってくる。手に手に派手な牡丹《ぼたん》色の布袋を提げていた。

「ありゃ、なんだい」

亮吉も気づいて猪牙舟に立ち上がった。

大川側から川口橋、組合橋、そして、難波町河岸が口を開けたところに架かる入江橋を潜《くぐ》った辺りから娘の数は段々と数を増し、さらに小川橋辺りでは群れになってやってきた。

「なんだい、芝居町が猿楽《さるがく》町から戻ってきたのか」

亮吉が驚きの声を上げた。

賑やかな三味線、太鼓、横笛の調べが風に乗って聞こえ、その調べに合わせて口上がきれぎれに聞こえてきた。

「亮吉、居残り仲間の若旦那が仕掛けた新商いの客だよ」

と政次が言った。

「えっ、精太郎が始めたお店《たな》の客がこの小娘たちか」

「どうやらそのようだな」

「若親分、高砂町の入口から富沢町に向かって娘の群れが長々と行列しているぜ、尻《しっ》尾《ぽ》なんぞ見えないよ。どうなってんだ」

「精太郎が吉原の布団部屋に居残った理由だよ」

「おっ魂《たまげ》消たぜ」

と茫然《ぼうぜん》自失していた亮吉が呟いた。

「それにしても吉原の居残りとこの新規の商いがどう関わりがあるんだ」

高砂町の角に紅殻《べんがら》色に塗られた壁が見えて、

「京の流行《はや》り物に吉原の粋《いき》　新伊勢元」

の看板が見えた。

彦四郎は娘らの人込みを考えて高砂橋の対岸に猪牙舟を着け、四人は河岸道に上がった。

入堀を挟んで対岸の人込みが見えた。なんとも壮観なほどの行列で、古着問屋が軒を並べる富沢町を超えて通油《とおりあぶら》町のほうまで延びていた。

新伊勢元の二階屋の壁だけが紅殻色に塗られ、一階の壁は黒塗りだ。

周りは地味な古着店の中にあって紅殻色と黒塗りはなんとも斬新《ざんしん》で大胆な店構えだ。角地に立つ新伊勢元の入堀側から娘たちが次々に吸い込まれて、高砂町側の出口から例の袋をうれしそうに提げて姿を見せた。

なんだか奥山の見世物《みせもの》小屋を何倍も大きくして立派にしたような仕掛けだ。

その角地の入口には派手な格子《こうし》柄の三味線弾き、太鼓持ち、笛方、鉦《かね》方がいて、軽やかに調べを奏していた。そして、囃子《はやし》方のぞろりとした着流しに吉原かぶりの男が体をくねくねと躍らせながら、呼びこみの口上を述べていた。

「冬物をとおりこして春ものの売り出しにございますよ。京の着だおれで流行る召し物、帯、小間物、履き物、ぴらぴら飾りとなんでもお安うござんすよ。今時、古着屋なんぞで春物を探すなんて、野暮《やぼ》の骨頂、一昔前に京で流行った、新古着も一年経《た》てばすでに廃《すた》りものにございますよ。この新伊勢元は、京に人を派遣して、色使い、着心地のよさを徹底的に調べて、意匠から仕立てまでこれまでになかった品をそろえてございますよ。

さあて、娘方、あら、京の真似事《まねごと》だけと申される娘っ子もおられましょうな。

ご安心ください、江戸の粋もこの精太郎が華の吉原に長々と滞在して、松の位の伏見太夫から、未だ蕾《つぼみ》の禿《かむろ》の持ち物、仕草を研究し尽くして、吉原の粋、伊達《だて》、見栄《みえ》をと身ぶり手ぶりもよろしく行列する娘たちを入口に呼びこんでいた。

「驚いたぜ、精太郎め、お店で売り出す新規の品を研究するために布団部屋に居残っていやがったか」

「亮吉、おまえとはえらい違いだな」

と猪牙舟を舫《もや》ってきた彦四郎が片手に角樽を提げて、

「ほれ、祝いの品を忘れたぞ」

と亮吉に突き出した。

「角樽が祝いの品だなんて野暮ったくねえか、なんだか場違いじゃねえか」

と亮吉が対岸の新伊勢元の繁盛ぶりに尻ごみした。

「亮吉さん、あなたのお仲間でしょ、祝いに行けばきっと喜んでくれると思うな。それに角樽は豊島屋の新酒よ、どこに出しても恥ずかしくないわ」

「しほさん、そうかね」

亮吉は彦四郎が提げる角樽を受け取って、お菊の異変に気付いた。

お菊は対岸の新規店の様子に両目をきらきらと光らせて心ここに非《あら》ず、うっとりとした表情で眺めていた。

「どうしたえ、お菊ちゃん」

お菊がふらふらと高砂橋を渡って行列に加わる気配を見せた。

「おっと待った、一人で勝手に動いちゃ迷子になるぜ」

亮吉の言葉にしほが、お菊の手を握って摑《つか》まえた。

「精太郎さんの手妻《てづま》を見物にいこうか」

と政次がいい、高砂橋を渡って口上を述べる精太郎の前に五人連れが向かった。すると長い行列のあちらこちらに黒衣装の男たちがいて、娘たちにあれこれと指示を出していたが、その一人が、

「店の前で立ち止まらないで下さいまし、さあ、行ったり行ったり」

と追い立てた。

その様子を流し眼《め》でちらりと見た精太郎が、

「照造《てるぞう》、このご一行様はいいんですよ。金座裏のご一行がうちに祝いに見えたんだからね」

と止めて、

「亮吉さん、吉原の湯殿以来ですね」

と話しかけた。

「精太郎さんよ、ぶっ魂消たぜ。この仕掛けはなんだえ」

「相も変わらぬ古着商いでは先が知れてますよ。私はね、嫁入り前の娘から、そう、金座裏の嫁様のしほ様くらいを相手に新規の商いをすることを思い付いたんですよ。まあ、とくとうちの品を見て下さいな」

と黒服を呼んで店を案内するように命じた。

「精太郎さんよ、金座裏からの祝いだ。京の下り物には変わりねえが新酒だ」

「おありがとうございます、若親分にしほ様」

と亮吉から受け取った精太郎が高々と角樽を虚空に差し上げて、

「江戸開闢以来、金座裏に金流しの親分が鎮座ましまして、江戸の治安を守ってこられました。その金流しの十代目の若親分から新伊勢元新規商いの祝いが届きましたぞ！」

と声張り上げて叫ぶと黒服の奉公人が、

「ありがとうございます！」

と声を和し、囃子方がなんとも陽気な調べを演奏して盛り上げた。すると行列の娘らが手を上げて、歓呼で応じた。

「なんともど派手な商いだな」

と彦四郎がなんとなく白けた声で呟いた。

政次は亮吉を見ていた。

亮吉の視線は、囃子方の横手、新伊勢元の入り口に向けられていた。そこには吉原の張見世《はりみせ》のような格子が造られ、その中に娘五人が思い思いの恰好《かっこう》で、しなを作っていた。それを買物にきた娘たちが食い入るように見詰めていた。

「政次さん、新伊勢元さんが売り出す春物の小袖《こそで》や小間物や履き物よ」

とお菊の手を引いたしほが格子窓の前に寄った。

お菊は韓紅花《からくれない》、うこん、桜色の三色と白か黒を組み合わせた小袖とも長衣ともつかない衣装に目を奪われて、陶然とした表情を見せていた。行列の娘たちと一緒で精太郎が売り出した春ものに心を奪われているのだ。

「若親分、これを娘らが目の色変えて行列し、買い求めていくのか」

と彦四郎がいったとき、格子窓の向こうの五人の娘が張見世から姿を消して、代わりに菜の花、梅、桜、柳を斬新にあしらった小袖を着た別の娘たちが姿を見せて、格子窓の向こうで立ったり、片膝をついて座ったりした。

いずれも大胆極まる恰好と姿勢だった。

それを見た行列の先頭に並ぶ娘たちが、

わあっ！

と歓声を上げた。

亮吉は、菜の花をあしらった小袖を凝視していた。その口から呟きが洩《も》れたのをしほは聞いた。

「伏見太夫が湯殿で着ていた浴衣《ゆかた》と似ているがよ、これは違う」

「亮吉さん、伏見太夫と同じ小袖を拵《こしら》えてだれが買うというのだよ。伏見花魁《おいらん》の湯あがりだがな、一枚五両も六両もしようという代物だ。ここにあるのはあれに似た別物、娘が精々二朱から一分で買うことができる品なんだよ」

亮吉の呟きを聞き付けた精太郎が亮吉に囁《ささや》いた。

「なに、若旦那、五両から六両もする花魁の意匠が新伊勢元ではわずか二朱で買えるのか」

「だから、似ているようで別物と言ったろう。これが新しい商売のこつなんだよ」

精太郎が亮吉に嘯《うそぶ》いた。

半刻後、霊岸橋《れいがん》近くの船着場に猪牙舟を舫った政次ら一行は、しほの注文で甘味屋の桜花亭に立ち寄ることにした。

この店は豆大福が名物で、同時に囲炉裏端《いろりばた》で甘酒や汁粉《しるこ》を食べさせた。

五人が囲炉裏を囲んで落ち着いたとき、亮吉が、

「ふうっ」

と大きな溜息《ためいき》を吐《つ》いた。

その前にはお菊がしほに買ってもらった春もの衣装の袋を膝において未だ陶然とした表情を見せていた。

「どうした、亮吉」

「氏だか育ちだか違うと人間がこうも違うかと思ってね、つい溜息が出ちまった」

「亮吉らしくないな。人さまざまさ、いつも亮吉がいっているじゃないか」

「精太郎め、一日で何百両の売り上げがあるんだと。おりゃさ、豊島屋のツケが消えたためしはねえや」

「亮吉さん、伏見太夫に最後にいわれたんでしょ。魂胆を隠している人より亮吉さんみたいに太夫の裸を見て、目を回す人が可愛《かわい》いって」

「しほさん、可愛いだけは余計だ。それにしても精太郎の野郎、江戸の娘っ子の気持ちをぐうっと摑みやがったぜ。見てみなよ、お菊ちゃんの顔付きをよ。よだれが垂れたって分からないくらいだ」

その言葉を聞いたお菊が慌てて、手で唇を抑え、

「亮吉さんの嘘《うそ》つき」

と叫んだ。

江戸で流行り物を生み出す力があるところは吉原と芝居小屋だった。

吉原の花魁が身につけた小袖や打ち掛け、化粧の仕方や仕草が巷《ちまた》へと広がっていき、
また芝居小屋からは役者が身につけていた衣装が見物人の目を通して世間に広まった。

路考茶《ろこうちゃ》、梅幸茶《ばいこう》などはその典型だ。

その観点からいえば精太郎の目の付けどころはなかなかのものだった。江戸で京ものといえば、高級ブランドの代名詞、それに吉原の花魁衆が普段身につける衣類や小物を加えたのだ。

「そのうち精太郎さんは芝居小屋にも押しかけて、男衆の真似をなさろうよ」

と政次がいった。

「吉原だって、芝居の役者だって夢を売る商売だぜ。おれたちが普段着られないものを衣装にしているからよ、高い銭出して吉原や芝居に出かけるんだ。あんなぺらぺらの衣装のどこがいいんだ、お菊ちゃん」

「亮吉さんは娘心がなにも分かってないの。しほ様はほら、私たちの気持ちがよく分

かっていなさるから、私と妹のお染《そめ》にこんな買物をしてくれたのよ」

「ならば、しほちゃんはなんで買わなかった」

「お菊ちゃん、悪いけど私も新伊勢元の着物だの小間物を買う気にはならないの。ちょっとね」

　としほも困った顔をした。

「やっぱりそうか」

　と亮吉が愁眉《しゅうび》を開いた表情を見せた。

「だよな、あんなぺらぺらの衣装よ」

「亮吉さん、お菊ちゃんは気にいっているのよ」

　しほが釘を差したところに桜花亭の女将《おかみ》が、

「金座裏の若親分方も新伊勢元さんに行かれましたか」

　と笑いかけた。

「女将さんも駆け付けた口ですか」

「年が年ですよ。でも話のタネにと店の前までいってみましたがね、旧吉原が戻ってきたようで、あの格子窓には感心致しませんのさ。でも、買物をした娘さん方がその袋を提げてうちに甘味を食べにこられますので、新伊勢元さんには足を向けては寝られません」

と複雑な顔をした。注文を聞き終わった女将が、

「若親分は松坂屋《まつざかや》さんで奉公なさっていたこともございましょう。どうですね、新伊勢元の若旦那のご商売は」

「呉服を扱う点では松坂屋も新伊勢元も一緒です。ですが、商いの品とやり方はまるで別物、隠居の松六《しょうろく》様は新伊勢元の店をご覧になったら、卒倒なされましょう」

と笑った。

いかにもさようでしょう、と女将が囲炉裏端から消えたとき、

「若親分よ、あの勢いはいつまで続くのだ」

と亮吉が聞いた。

「分からないね」

と首を捻《ひね》った政次は、古着問屋の若旦那が始めた新規商売の行く末よりも精太郎の身になにか起こりそうで気になった。だが、そのことを口にすることはなかった。

霊岸橋から帰り舟が日本橋際に着けられ、政次としほの二人だけが下りた。松坂屋に立ち寄るためだ。

「おや、若親分にしほさん、わざわざお出向きとは恐れ入りますな」

と大番頭の親蔵《しんぞう》が目ざとく二人の姿に目を止めていった。湯治旅のことを告げに来たと思ったからだ。

「ご隠居に会いに参りましたが、こちらに来る前に新伊勢元のご商売を覗いて参りました」

「若親分、ご覧になってどうですね」

と親蔵が身を乗り出した。

「亮吉など腰を抜かさんばかりの驚きようです。なにしろ高砂橋際からずっと入堀沿いに行列が長々と続いているんですからね」

「その話、奥で聞かせて下さいな」

と親蔵が二人を奥へと案内していった。

箱根、熱海への旅は三日後に出立ということで直《す》ぐに終わり、新伊勢元の様子を政次としほが代わる代わるに報告した。

「ぺらぺらの小袖なんぞ仕立てて売り出すという魂胆がしれません。どうも伊勢元の若旦那は分というものをご存じないようだ」

と親蔵が文句をつけた。

一方、松六はしばし腕組みして瞑目《めいもく》していたが、

「いえ、精太郎という若旦那、なかなかのやり手ですな。このご時世でどんな商いだって行列のできるお店を立ち上げるというのは、なかなかできませんぞ。なにか娘を虜《とりこ》にする秘密がある筈《はず》です」、

とそのことを気にした。

「ご隠居、伊勢元さんは当代の親父様《おやじ》が長崎口だか、琉球口《りゆうきゆうぐち》の品を仕入れて見込みが外れて、古着問屋の株を手放すほどの借金を負いなさったという噂《うわさ》がございます。若旦那は親父様のしくじりを一気に取り返そうと無理をなさっているのではございませんか」

親蔵は政次の知らないことを口にした。

「その噂は真《まこと》ですよ。でも、若親分に聞いた新伊勢元の繁盛ぶりなれば、一気に損など取り戻しましょうよ。それより、大番頭さん」

「はい、ご隠居、なんでございますな」

「うちも行列のできる商いをしたいものですね」

「ご隠居、ごもっともにございます」

と江戸有数の呉服屋の大番頭が大きな身を縮めた。

三

その夜、政次は寝床の中で半鐘を聞いて飛び起きた。傍《かたわ》らからしほが、

「早鐘《はやがね》ですね、火元はどこかしら」

と不安げに起き上がり寝巻の上に綿入れを着こんで、有明行灯《ありあけあんどん》の灯心を掻《か》き立てて明かりを大きくした。

政次は手早く身仕度を整えると、雨戸の外の風を気にしながら居間に向かった。すでに宗五郎も起きていて、金流しの十手を三方《さんぼう》からとったところだった。

「八丁堀の二の舞いの火事にはなってほしくねえ」

と宗五郎が心配するところに表の様子を見にいった亮吉が居間に飛び込んできた。

「親分、火事はうちから丑寅《うしとら》、御城の鬼門の方角だ」

「近間だな」

「富沢町辺りじゃねえかと思うがね」

「富沢町だと。風向きはどうだ、独楽鼠」

「北風が大川に向かってゆるく吹いてやがる。まず八丁堀のような大火事にはなるめえと思うがね」

「よし、押し出すぞ」

亮吉や常丸《つねまる》ら住み込みの手先が火事仕度を整え、御用提灯《ごようぢょうちん》を携帯すると宗五郎親分、政次若親分を玄関で待ち受けていた。おみつが男たちの背に切り火で送り出し、しほは胸の中で一家の無事を祈った。

宗五郎と政次を先頭に金座裏から本町の通りを一気に下り、大伝馬町《おおでんまちょう》に入ると町火消しの一番組に組が、

「どいたどいた!」

と野次馬を掻き分けて火事場に押し出すところだった。金座裏もに組に従い、その後ろを火事場に走った。

通旅籠町《とおりはたごちょう》から大門通に入ると商家から荷を運び出す奉公人の姿が見えて、野次馬も増えた。

政次は人込みの割には炎が上がってないことに気付いていた。発見が早かったせいか火は消し止められたかと思いながら火元に駆け付けてみると、火元はなんと昼間訪ねた新伊勢元の店だった。

地元のい組の面々が新伊勢元の派手な紅殻壁を鳶口で引き倒して、店の内部が見えるほどに破壊して、火を消し止めた様子が確かめられた。ともかく大事には至らなか

った気配だった。

政次は頭からずぶ濡《ぬ》れになった精太郎が、

「ご町内の皆様、お騒がせして申し訳ございません。火付けにございます、発見が早《はよ》うございましたのと、い組の衆が真っ先に駆け付けてくれなさったお陰で大火事にはなりませんでした。大変、お騒がせ致しました」

とぺこぺこと火消しの連中や町内の住人に言い訳しながら詫びて廻《まわ》っていた。

「若旦那、火付けといいなさったが確証があってのことか」

宗五郎が精太郎に呼びかけると、

「あっ、これは金座裏の親分さん、お手数をお掛け申しました。へえ、最初に火事を見つけたのは町内の番太の与助《よすけ》爺にございまして、与助爺が火事だ、火付けだと騒いで、私が表に飛び出したときには爺様と着流しの大男が揉み合っておりまして、はい、爺様を突き飛ばすと橋を渡って久松町の方角へ逃げ去ったのでございますよ」

「爺様はどうしたな、若旦那」

「この辺りにいる筈《はず》にございます」

精太郎が火事場を見回した。そこへい組の小頭《こがしら》が姿を見せて、

「金座裏の、火付けに間違いねえな。わっしらが駆け付けたとき、表から家の中に向

かって炎が燃え広がろうとしていたし、油の臭《にお》いもしてやがったぜ」

と言葉を添えた。

「新伊勢元だけに火付けをしやがったか」

「早々に夜番に見つかって、他まで手が回らなかったんじゃないかえ」

冬になると火付けが流行った。

風の強い夜、次々に火付けをされると大火事になり易《やす》い。ために火付けと分かると、町内から隣町全域を警戒する必要があった。幸いにして、二番手の炎は上がってないようだ。

「うちは半鐘が鳴るか鳴らない内に押し出したんだ、まず騒ぎは新伊勢元だけだな」

とい組の小頭が断定して、火事はぼやで消し止められた。

その頃、栄橋の西詰めで亮吉が精太郎に食い下がっていた。

「若旦那よ、火付けに心当たりはねえか」

「滅相《めっそう》もないよ、亮吉さん」

傍らにいる政次を気にしながらも精太郎が顔を横に振った。精太郎は水を被《かぶ》ったせいか体をぶるぶる震わしていた。

「だってよ、おめえさんのところを狙《ねら》ったようじゃないか」

「亮吉さん、うちの商いを妬《ねた》んで火付けをしたと言いなさるか」

「そういう可能性だってあろうじゃないか。おまえさんのところは派手に売り出していなさるからね」

「商売があたったからといって、一々火付けをされたんじゃかないませんよ。もし亮吉さんがいうのが真なら私は許すことはできません」

と精太郎が気色《けしき》ばんだ。

「そりゃそうだ。放火は重罪だぜ、許せるものか」

「いえ、私の商いを邪魔しようなんて、その根性が許せないんです。私は明日からさらに品を仕入れて、大々的に売りまくります」

と商いを妬んでの火付けじゃないかとの示唆《しさ》に精太郎がいきり立った。

「まあ、なにはともあれ、大事にならずに済んでようございました」

「若親分、うちは被害者ですよ。商い停止《ちょうじ》にならないでしょうね」

と精太郎はそのことを気にした。

「夜廻りの爺様が火付けを目撃しているならば、まずそのようなことはありますまい」

「安心した。若親分、亮吉さん、さあ、早く与助爺に話を聞いておくれよ」

と反対に精太郎から政次と亮吉は尻を叩かれて、二人は番太を探すことになった。

火事場に遠い組から町火消が引き上げて、栄橋界隈が静かになりかけた頃合い、悲鳴が上がった。

栄橋から下流に向かった入堀の河岸道でだ。

そのとき、政次と亮吉は、富沢町の番小屋にいた。与助爺は夜廻りに出たまま帰ってないと相棒の甚太郎《じんたろう》がぼそぼそといったと思うと、

「いや、戻ってきたかもしれないな」

と今度は反対のことを洩らした。

「亮吉、二の手かもしれないよ」

と政次は火付けの二番手を案じる異変の声かと考えて、亮吉と一緒に飛び出した。

「若親分、甚太郎はさ、子供の時に朝日稲荷《いなり》の石段から落ちてよ、頭を打ったせいで頭の釘が二、三本外れちまったんだ。あいつのいうこと、あてになんないぜ」

と走りながら亮吉がいった。

「子供の頃、遊んだ記憶があるよ。まさか富沢町の番太になっているなんて考えもしなかった」

二人は高砂橋で入堀の右岸に出た。すると一本下の橋下で御用提灯がちらちらとし

ていた。

「なんだえ、若親分」

二人が小川橋に駆け付けるとすでに宗五郎らが小川橋際に突き出された橋板だけの船着場で流れからなにかを引き揚げていた。

政次は見ていた。

御用提灯の明かりで水中から引き揚げられたのは人で、首から拍子木がぶら下がっているのを。

「若親分、夜廻りだぜ。まさか与助爺じゃあるまいな」

と亮吉も息を切らせながら叫んだ。

「嫌な予感がするよ」

政次と亮吉が橋を渡ったとき、橋板にごろりと夜廻りの恰好の死体が横たえられたところだった。

「親分、与助かえ」

と石段を駆け下りながら亮吉が叫んだ。

常丸が御用提灯を顔に近づけた。恐怖の形相《ぎょうそう》を未《いま》だ顔に張り付かせた富沢町の番太の与助爺だった。

「ここじゃあなんにしても狭いや、河岸道に上げねえ」

宗五郎が常丸らに命じて、宗五郎と政次が先に石段から河岸道に戻った。

「水死にございますか」

「いや、拍子木の紐《ひも》で首を絞め殺してやがる。与助の首に使い込んだ麻紐が食い込んでやがる」

「親分、まさか」

「推量にすぎねえが与助は火付け野郎にくびり殺されたんじゃねえかね」

「与助は火付けの顔を知っていたのですね」

「まず間違いなかろう」

「となると富沢町界隈の住人でございますか」

「土地の人間だな」

水をぼたぼたと垂らしながら与助の亡骸《なきがら》が河岸道に上げられて横たえられた。そこで改めて検視が行われたが、首にかけた拍子木の紐でくびり殺されたことに間違いなかった。

与助が火付けを見つけて一刻と過ぎてはいまい。宗五郎の推測どおり、与助は火付けの下手人に殺されたとみるべきだろう。

「まず与助を番小屋に運んでいこうか、戸板はねえか」

というところに左官の広吉《こうきち》が戸板を担いで走ってきた。

「気を利かせたな、広吉」

「火事場の新伊勢元から借りてきたんで」

「よし、静かに乗せねえ」

宗五郎の命《めい》で戸板に乗せられた与助爺の亡骸を富沢町の番小屋に運んでいった。宗五郎と政次はその後ろから従った。

「やはり精太郎の商いがあたったのを妬んだ者の仕業《しわざ》にございましょうか」

「火付けをして、顔を見られた与助を殺すほどの人間だぜ。ただの妬みかどうか」

「新規商売の精太郎に商売仇《がたき》がいたとは思えませんが」

「となると派手な商売を妬んでのことというかえ、政次」

「その辺が今ひとつはっきりしませんね」

「政次、伊勢元の内所が苦しいと聞いた。その辺の絡みを含めて調べねえ」

番小屋に行くと精太郎の真っ青な顔があった。

「親分さん、与助爺が死んだってほんとうですか」

「ただ死んだんじゃねえ、殺されたんだ」

「こ、殺された。なぜでございますね」

「推量に過ぎねえが、おまえさんの店に火付けをした下手人を与助は知っていたんじゃねえか」

「ならばなぜ私が飛び出したとき、そのことを言わなかったんで」

「よく知らない顔だったがあとで思い出したか、あるいはとくと承知の顔でなんぞ腹に一物あって、そやつに火付けのことを問い質《ただ》しにいって殺されたか」

「私の商いに恨みを持った人間が火付けをして、それを目撃した与助爺を殺したってわけで」

精太郎が番小屋の土間に横たえられた与助爺の恐怖の形相の顔を見て、ぶるっと身震いした。

宗五郎が常丸に、

「寺坂《てらさか》毅一郎《いちろう》の旦那をお呼びしろ」

と命じた。

常丸が飛び出すのを確かめ政次が精太郎に聞いた。

「若旦那、親分が尋ねられたことですがね、そんな人間に心当たりございますか」

「いえ、そんな」

と精太郎は即座に顔を横に振った。

「若旦那、ちょいと表に願えますか」

と政次は人が込み合った番小屋から精太郎を表に連れ出した。

二人に従ったのは亮吉だけだ。

「精太郎さん、こいつは行きずりの人間の仕業じゃないことは確かですよ。精太郎さんが頑張れば頑張るほど、相手は嫌がらせを繰り返すことも考えられます。ここはしっかりと腹を据えて答えてくれませんか」

「若親分、火付けは一度だけでは済みませんので」

「番太の与助爺を殺してまで口を封じた下手人です、恨みの根は深いとみましたがね。若旦那、どうですね」

政次は必死だった。

宗五郎らが熱海、箱根に湯治に行く日が迫っていた。なんとか気分をすっきりとさせて江戸を出立させたいと思っていた。

残された探索の日時は二日だ。

「若旦那、おまえさんも吉原の痰壺《たんつぼ》洗いまでして吉原から盗んだ花魁衆の秘密だ。そいつを灰燼《かいじん》に帰《き》すつもりかえ」

と居残り仲間の亮吉も口を添えた。

ふうっ

と一つ溜息を吐いた精太郎が、

「私が新規の商いを立ち上げて以来、何通か脅しの文《ふみ》が舞い込んでおりましたので」

「若旦那、なぜそのとき金座裏に知らせないんだ。おれとおまえさんは知らない仲じゃあるめえ。伏見太夫の裸を一緒に拝んだ仲じゃねえか」

と亮吉が叱声《しっせい》を上げた。

「すまない、亮吉さん」

「甘くみなすったか、その脅しを」

「いえね、若親分、開店が迫っていてね、猫の手も借りたいほどのてんてこ舞い、脅しの文を吟味する暇もなかったんで」

「その文はどうしなさった」

「焚《た》きつけに燃やしてしまいましたよ」

ああ、と亮吉が嘆いた。

「なにが書いてあったか、覚えてますか」

と政次が聞いた。

「竹筆のような筆遣いの朱文字で、富沢町界隈で新規店を開くと禍《わざわい》あり、覚悟せよ、みたいな文句だったかな」

と精太郎の記憶はあいまいだった。

「脅しの文は何通届けられましたな」

「開店準備の大忙しの最中《さなか》、いつの間にやら店の柱や壁に留められた封書でして、宛《あて》名《な》は私にございました。都合四通でした」

「一通も残してございませんので」

「まさか本気だとは思いませんで燃やしてしまいましたので」

精太郎が答えるところに首に綿を入れた晒《さら》し木綿《もめん》を巻いた寺坂毅一郎が小者《こもの》を連れて姿を見せた。

「寺坂様、常丸兄いを知らせに行かせましたが早いお着きですね」

「行き違ったか。われら、この火事騒ぎでこの近くにいたんだよ、若親分。うまい具合に鎮火したってんで、八丁堀に戻ろうとした矢先に入堀で死体が上がったって話を聞かされてね、水死かな、若親分」

と風邪《かぜ》声で寺坂が聞いた。

「殺しにございます」

「なんだって、八丁堀に続いて火事場で殺しか」

という寺坂に精太郎を紹介し、経緯を語り聞かせた。

話を聞き終わった寺坂がじろりと精太郎を見た。

「八品商売人の枠を外れて、江戸町奉行所の支配下を逃れたと思うたかもしれねえが、精太郎、いささか派手にやり過ぎたようだな」

「寺坂様、私は下手人じゃございません、火付けにあった当人にございますよ」

精太郎が抗弁した。

「そんなことは百も承知だ。だがな、商いというものは土地の人に可愛がられて、育っていくもんじゃないかえ。おれがいうのはそこんところよ。おまえが娘らの気持を一気に摑んで、商いが順調に滑り出したのは喜ばしいことだ。だがな、脅しの文を何通ももらいながら、そいつを握り潰したせいで、番太の与助爺が殺されたのも事実だ。そいつに全く関わりないとは言わせないぜ、精太郎」

と寺坂毅一郎がいうと、

「へえ」

と精太郎が釈然としない顔をして、ぺこりと頭を下げて、その場から姿を消した。

「若親分、此度の一件、親父の古着商と関わりがありそうだと思わねえか」

「どうやらそんな様子でございますね」

「親分が湯治に出かけるまでに二日ばかりある。なんとか気分をすっきりさせて、六郷川を渡ってほしいものだね」

と寺坂も政次と同じことを考えているのか、そう言った。

「寺坂様、なんにしても夜明けを待つしかございません。時を貸して下さいまし」

「縄張り内のことだ、若親分、かぎられた日にちで知恵を絞ってくんな」

と寺坂毅一郎が政次に探索を一任した。

四

翌朝から政次の獅子《しし》奮迅の働きが始まった。

八百亀以下の手先に旦那の源太《げんた》、髪結新三《かみゆいしんざ》、それに源太が連れ歩く小僧の弥一《やいち》まで招集して富沢町界隈に投入し、自らも精太郎の実家の伊勢元についての聞き込みにあたった。

昼前、彦四郎の猪牙舟が栄橋下に着けられて、その猪牙舟に政次が陣取り、手先たちの報告を待った。

最初に戻ってきたのは亮吉と伝次《でんじ》の二人組だ。

「伊勢元だが、借財が結構あるようだな。この一年、伊勢元の主《あるじ》の衣左衛門《いざえもん》や番頭名義の手形が出回って、手形やら借用書が悪い筋に渡ったって話だぜ」

「亮吉、悪い筋ってのはどこのだれだ」

「そいつはまだ」

「調べがついてないで戻ってきたか。もう一度その筋を追ってなんの何兵衛とはっきりとした確証を持ってくるんだ」

といつになく厳しい政次が探索に追い戻した。

次に戻ってきたのは八百亀だ。

「伊勢元だが、薩摩《さつま》を通じてジャワ更紗《さらさ》なんぞを大量に買い付けたのはたしかだ、昨年の春先のことらしい。唐人《とうじん》船一杯分の荷で八百両もの仕入れ値だとか。それがとんだ食わせ物で粗悪な品だったらしく、日に曝したり洗濯したりするとすぐに色落ちするんだとか、大量に残った品を陸奥《むつ》辺りに安く叩き売ろうとして、品物をすべて騙《だま》しとられたそうな。弱り目に祟《たた》り目のこの薩摩物が伊勢元の傾きかけた屋台骨をがたがた揺らして、伊勢元が同業やら金貸しなんぞから借金をする羽目になったようだぜ、若親分」

「八百亀の兄さん、同業で借金を願った相手はどこですね」

「伊勢元と同じく富沢町の名主依田屋彦左衛門《いだやひこざえもん》、橘《たちばな》町の伝馬屋相兵衛《てんまやそうべえ》、浅草東仲町の古着問屋蓬莱屋《ほうらいや》吉兵衛《きちべえ》など五軒、畑違いでは検校《けんぎょう》の市ノ橋《いちはし》から官金《かんきん》を百五十両ばかり用立ててもらい、やいのやいのの催促を受けているそうな」

「なに、検校の官金にまで手を出しなさったか」

関東では総録の支配下に検校から都にいたるまで、有官無官の按摩《あんま》が所属し、固い結束を誇っていた。目が不自由なだけに幕府《はん》では検校勾当《こうとう》らに鍼治療《はり》、琴曲《きんきょく》などを専門職として許し、これらの者は豪商などに出入りして金子を貯め、官金と称して十両一分から一分二朱の利息で金貸しをなし、返済期限は三ヵ月が基本であった。

「若親分、伊勢元に出入りしていた検校の市ノ橋から衣左衛門は五十両を最初に借り受けて三月後に利息とともに返済し、次に百五十両を新たに借り受けて、元金利息で三百両近くに膨らんでいるらしい」

「一体利息はいくらですね」

「市ノ橋め、おれの問いに鼻でせせら笑い、関東総録屋敷より許された貸金の商い、不審の廉《かど》あればそちらに問い合わせありたいと、こちらの話を聞こうともしないのだ」

「市ノ橋の住まいはどこですね」

「葭町《よしちょう》に若い妾《めかけ》を囲ってね、小ぎれいな家に住んでますよ」

葭町は里名で堀江六軒町界隈のことで旧芝居町に近く、役者や芸者など粋筋《いきすじ》の連中が住んでいた。

「兄さん、ご苦労だったね」

と政次は八百亀を労《ねぎら》った。そこへ髪結新三が姿を見せて、

「若親分、新伊勢元のひょうろく玉の若旦那、遣《や》り手だね。火事から半日も経たないというのに実家に新伊勢元で売り出す荷を運びこんでよ、読売なんぞに手を廻して、火事焼け残りの新物大店《たな》ざらい、なんでも一朱と明日から焼け跡での商い再開の宣伝を始めるらしいぜ」

と報告した。

「おれもその噂は聞いた。新三、ほんとうの話か」

「八百亀の兄さん、精太郎、やる気だぜ」

「火付けは未だ捕まっちゃいないぜ」

「そこだ。精太郎の野郎、火付けしたけりゃ何度でも火をつけやがれ、その度《たび》に店を開けてみせると嘯《うそぶ》いているそうだ」

「精太郎はわっしらを煽《あお》りたててねえか。こいつは意地でも二度目の火付けの前に捕

まえねえと金座裏の面子《メンツ》が丸潰れだぜ」

八百亀が苦虫を嚙み潰した顔をした。

「新三の兄さん、精太郎さんはどこにおりますね」

「陣頭指揮をしてよ、焼け跡の後片付けをしているぜ。あいつ、古着問屋の老舗《しにせ》の何代目かだがよ、肝っ玉がすわってやがるな」

と新三が感心した。

「八百亀の兄さん、猪牙舟で皆の帰りを待ってくれないか。私は精太郎さんに会ってきますよ」

「一人で大丈夫にございますか、若親分」

「精太郎さんとちょいと話してくるだけです」

と政次は猪牙舟を下りると、入堀の河岸道を高砂町の方角へと下っていった。

高砂町の角地では火付けの現場はほとんど整地されて、仮店を立てる準備もなされていた。黒衣装の奉公人が機敏に働く中に精太郎も混じって汗を流していた。

「若旦那、ご苦労さんです」

と政次が声をかけると精太郎が顔を上げたが、陽射《ひざ》しがあるとはいえ初冬の寒さに汗を掻いて奮闘していた。

「金座裏の若親分か」

と政次に向き合った精太郎が、

「若親分は松坂屋で末は大番頭と評判の腕利きだったってね」

「若旦那、噂なんて無責任なものでございますよ」

「どうだい、松坂屋に勤めていればばって後悔はしないか」

「精太郎さん、人には定められた道がございます。それに従っただけでございましてね、悔いなんぞはなにもございません」

「松坂屋じゃあ、いくら出世しても大番頭どまりだ。それに比べれば金座裏の養子なれば金流しの十手の十代目、将軍様に御目見《おめみえ》の家柄だ。やっぱり金座裏かね」

「精太郎さんはどうですね。老舗ながら借金だらけの伊勢元の若旦那より自ら旗揚げした新商売、やはり遣り甲斐《がい》がございますか」

ふっふっふ
と苦笑いした精太郎が、

「政次さん、私だって承知ですよ。借財だらけとはいえ、伊勢元の看板があればこそ新規の商いもできるってことをね。親父は薩摩口をたよって商売にしくじった。私はね、親父の進取の気性をえらいと思うんですよ。そりゃ、古着商だけを後生大事に続けていれば大やけどもしないでしょうが、かわりに、埃《ほこり》にまみれての商いが生涯続く。ここでなんとか店に活気を与えたいと考えるのは、商売人として当然なことです。偶々《たまたま》親父はしくじった。私はね、親父とは違ったやり方で伊勢元を立ち直らせたい。残された時間はわずかだ、それも昨日の火付けでいよいよこっちの尻に火がつきやがった。どうせ親父と共倒れするならば、高々と商いの旗印を掲げて討ち死にしとうございますのさ」

「精太郎さん、おまえ様の真似を私は出来なかった。何の足しにもならないが、精太郎さんの成功を私は応援しておりますよ」

精太郎が凝然と政次の顔を正視した。

「若親分、おまえさんからそんな言葉が聞けるとは思いもしなかった。うれしいね」

「そこで、頼みがございますのさ」

「なんですね」

「明後日《あさって》にも仮店で商いを再開するそうですね」

「やりますよ」

「ならば明日の前宣伝は出来るだけ派手に賑々しくして、明後日の商い再開の告知をしてくれませんか」

「ほう、金座裏の若親分ご推奨の前宣伝ね」

「精太郎さんのところには奇妙な囃子方がおられましたね」

「これはこれは、若親分の考えることが漠然と察せられましたよ」

「だったらお願いしますよ」

「合点承知だ」

と精太郎が引き受けた。

翌日、新伊勢元の商い再開を告げる囃子方が賑々しくも富沢町から葭町、さらには親仁《おやじ》橋を渡って照降《てりふり》町から魚河岸へ、さらに日本橋の南北両詰を宣伝して回った。

夕暮れ時、新伊勢元の仮店が完成し、品物が運び込まれて、精太郎以下の若い奉公人らが歓声を上げ、明日に備えて早々に帰宅していった。

翌朝四つ（十時）には再び賑々しく新伊勢元の新規商売が蘇《よみがえ》るのだ。

精太郎らが仮店から消えて半刻、入堀に止めた苫船や新伊勢元を見通せる軒下など闇に潜んで見張る政次らの姿があった。

朝の七つ（四時）には宗五郎一行が箱根、熱海への湯治旅に出立する。一行が気持ちよく出かけるために、下手人を捕まえる最後の機会だった。

「吊り出されねえかねえ」

と常丸が呟いたのは、家棟《やのむね》が三寸下がるという八つ（午前二時）の刻限だった。

「なんとしても誘い出したいものだがね」

「若親分、下手人に心当たりがありそうな様子だね」

と常丸が問うた。

「火付けの下手人ならば残念ながら心当たりはございませんよ。ただし、火付けを命じた黒幕なればなんとなく推測はつきます」

「ほう、だれですね」

「検校の市ノ橋が伊勢元の古着屋の株を買い取ると仲間に洩らしたそうな。ここいら辺りが黒幕かと推測してます」

「検校が古着屋ですか」

「表立っては差しさわりもありましょう。富沢町の老舗の伊勢元の株を安く買って転売するか、だれか別の人間を立てて伊勢元を立て直すか」

「市ノ橋め、伊勢元衣左衛門に金子を貸していましたね」

「元利で三百両になっているとか、返せなければ古着屋の株を寄こせと衣左衛門に強請《ゆす》っているそうな、旦那の源太の兄さんが聞き出してきましたよ」

「そうか、倅の精太郎の新規商いが成功すれば、伊勢元の借金など直ぐにも返せる。精太郎なら本家の伊勢元を立て直すくらいやりそうだ。となると市ノ橋検校め、富沢町の旦那になれないってわけだ」

「そんな筋書きじゃないかと思案しましたがね。肝心の火付けが現れないんじゃ、私の考えた筋書きもただの思い付き、なんとも手が出ませんよ」

と政次が答えたとき、

「若親分、亮吉が手を振ってやがるぜ」

と彦四郎船頭が潜み声で告げた。

「ほう、現れましたか」

常丸と政次が苫屋根の下から猪牙舟の舳先に出て、河岸道への石段を上がった。すると高砂橋界隈に緊張が走り、新和泉町の方角からひたひたと足音が近づいてきた。

大きな影は両手に油樽を下げて種火を口に咥《くわ》えていた。

その影が新伊勢元の仮店の前で止まると油樽を下ろし、手を振っていたが一つの油樽の栓を抜くと木の香りが漂う板壁に油を振りかけ始めた。

政次が石段から河岸道に上がり、静かに人影に近付いた。

人影が口に咥える種火を手にすると口をすぼめて、種火を強くした。そして、その火を板壁にかけた油に点《つ》けようとした。

「そこまでですよ」

政次の声が響いて人影がぎくりとして振り返った。種火に頬被《ほおかぶ》りした顔が浮かんだ。

「おめえは伊勢元の三番番頭の米次郎《よねじろう》だな」

と常丸が叫び、

「金座裏の政次若親分の張った網に引っ掛かりやがったな。火付けばかりか番太の与助爺までくびり殺した罪は重いぜ、米次郎」

「あわあわわ」

と震えだした米次郎は後ろ下がりに逃げ出そうとした。その背後に迫った亮吉が足を掛けるとその場に大きな体の米次郎を倒して、

「神妙にしやがれ！」

と体の上に伸《の》し掛かった。大きな米次郎は亮吉の小柄な体を撥《は》ね飛ばして逃げようとしたが、伝次や波太郎が亮吉に加勢して米次郎の立ち上がろうとする体を地べたに抑えつけ、捕り縄を手際よく掛けた。

政次の前に引っ立てられた米次郎は歯ががたがたと鳴るほど震えていた。

「米次郎さん、おまえさん一人の考えじゃあるまい。だれだね、火付けを命じた輩《やから》

は」

米次郎は眼だけを光らせて顔を横に激しく振った。

「おまえさんが言わないのなら、この私が言いましょうかね。もしそうなると奉行所でのおまえさんの心証は著しく悪くなりますよ」

と政次に脅された米次郎が、

「い、市ノ橋」

「検校の市ノ橋ですね」

「はっ、はい」

「伊勢元の隠れ主に市ノ橋が収まり、おまえさんが名義を変えた伊勢元の主になりなさる企《くわだ》てか」

「は、はい」

「愚かなことを」

と言った政次が、

「亮吉、そやつを引き立てて葭町の市ノ橋の妾宅《しょうたく》に乗り込むよ」

「合点承知だ、若親分」

と幼馴染みの若親分と手先が言い合い、市ノ橋捕縛に向かった。

朝の刻限、政次と常丸は東海道芝にある大木戸を走り抜けて、品川宿を目指していた。

新伊勢元の火付けと番太の与助爺を殺した、伊勢元の三番番頭の米次郎の証言をもとに市ノ橋検校をお縄にして南茅場町《みなみかやばちょう》の大番屋に引き立て、旦那の寺坂毅一郎に出馬を願って調べが始まった。

その現場に立ち会った政次と常丸は宗五郎ら一行の出立の見送りには間に合わなかった。だが、宗五郎は金座裏に品川宿を二分して流れる目黒川南詰めの旅籠駿府屋《はたごすんぷや》で朝餉を摂ると言い残していた。

政次と常丸が品川宿の南と北を分ける中ノ橋を渡ったとき、

「おれも湯治に行きたかったな」

と荷物持ちを左官の広吉にとられた亮吉の嘆きの声が往来まで響いてきた。

「間に合った」

南品川宿の駿府屋は金座裏とは長い付き合いがあって、日本橋を七つ発《だ》ちした旅人が見送りの人と別れを惜しむ茶屋としても知られていた。

「若親分のご入来ですよ」

駿府屋の女将が宗五郎らに告げた。一行は目黒川に臨む座敷で朝餉を摂り終わったところだった。

「政次、ご苦労だったな。調べはひと段落ついたかえ」

「はい。寺坂様のご詮議《せんぎ》で市ノ橋、妾の喜世《きよ》、それに伊勢元の三番番頭の米次郎が伊勢元の乗っ取りを策した企てのおよそを喋りました。寺坂様にあとは任せよ、見送りに行ってこいとお許しを得て、駆け付けました」

「そうか、一件落着か。これですっきりと江戸を出立できるぜ」

宗五郎が政次ら若手の面々に礼を述べた。

「ああ、おれも箱根に行きたかったな」

と仏頂面する亮吉に常丸が、

「若親分が黙っていなさるのになんだ、てめえは。そんな了見だから広吉にご指名があったんだよ。広吉は黙々と御用を勤めて、おめえみたいに不平不満の一つもいわないからな」

「親分、やっぱりべらべら喋るより供は無口のほうがいいかね」

「ああ、亮吉の声を聞かないだけでも気持ちが清々《せいせい》して保養になるな」

「この次の湯治にはおれを連れていってくんな」

「おやおや、六郷の渡しを前にして、もう次の湯治の談判ですよ。おまえさん、亮吉のことよりそろそろ押し出さないと、神奈川宿までには今日中に辿《たど》りつきませんよ」

とおみつの言葉に一行が立ち上がり、しほが朝餉の代金を支払うために帳場に向かった。それに政次が従い、しほが、

「政次さんと常丸さん、朝餉まだだったんじゃない」

と聞いた。

「六郷で見送ったら、亮吉に一杯飲ませないといつまでもくだくだと愚痴を聞かされそうだ。そのときに朝餉をとろう」

と政次が苦笑いした。

松坂屋の隠居夫婦と豊島屋夫婦にそれぞれ手代と小僧が一人ずつ荷物持ちで従い、金座裏が四人、松坂屋と豊島屋がそれぞれ三人と、十人の大所帯だ。

この十人の見送りに金座裏の政次ら、それに永塚小夜と小太郎母子に羽村新之助らが加わって、六郷の渡しへと向かった。

一行が六郷の渡し場に到着したのは四つ前の刻限で東海道を箱根に向かう旅人の多くがすでに向こう岸に渡っていた。

「政次、留守は頼んだよ」

とおみつが政次に願い、

「しほを宜しく願います」

とこちらはしほの身を案じた。

「しほさんは大丈夫だよ。それより松坂屋と豊島屋の隠居の世話で湯治どころじゃあるまいぜ」

「なんですって、独楽鼠、いうにこと欠いて私どもが足手纏《まと》いですと。松六様もこの清蔵もかくしゃくとしたもので元気溌剌《はつらつ》ですよ」

と清蔵が杖《つえ》を振り回した。

「ご隠居、杖を振り回すのは危のうございますよ」

と湯治の供を命じられた小僧の庄太が注意して、

「おお、そうでした。老いては小僧に従え、元気で戻ってまいりますからね」

と賑やかに一行が渡し船に乗り、

「川崎宿行きの船が出るぞ!」

と船頭が六郷土手に呼ばわったが、もはや旅人はいなかった。

船着場を離れる渡し船に、

「ああ、行っちゃった」

と亮吉が寂しそうに洩らした。

「亮吉、船を見送ったら六郷の茶屋で親分一行の旅の無事を祈って一杯飲もうか。それともこの足で金座裏に戻るかい」

「若親分、冗談はなしだよ。酒と聞いてこのむじな亭亮吉様が断ると思うてか」

と答えた亮吉が、

「さあ、行こう」

と渡し船が六郷川の真ん中にも差しかからないのに船着場から土手に戻り始めた。

「親分とおかみさんがいない金座裏であいつがどれだけ羽を伸ばすかと考えたら、おりゃ、今からうんざりしてきたよ」

常丸が洩らす声が六郷川の冬空へと静かに消えていった。

本書は、ハルキ文庫（時代小説文庫）の書き下ろしです。

時代小説文庫

さ 8-32

八《はっ》丁《ちょう》堀《ぼり》の火《か》事《じ》

鎌《かま》倉《くら》河《が》岸《し》捕《とり》物《もの》控《ひかえ》〈十六《じゅうろく》の巻《まき》〉

著者　佐《さ》伯《えき》泰《やす》英《ひで》

2010年4月18日第一刷発行

発行者　角川春樹

発行所　株式会社 角川春樹事務所

〒101-0051 東京都千代田区神田神保町3-27 二葉第1ビル

電話　03(3263)5247[編集]　03(3263)5881[営業]

印刷・製本　中央精版印刷株式会社

フォーマット・デザイン&シンボルマーク　芦澤泰偉

ISBN978-4-7584-3467-6 C0193

http://www.kadokawaharuki.co.jp/[営業]

fanmail@kadokawaharuki.co.jp[編集]　ご意見・ご感想をお寄せください。